**KEITAI
SHOUSETSU
BUNKO**

SINCE 2009

チャラくてキケン!! それでもヤンキー彼氏が好きなんです

a c o m a r u

野いちご

Starts Publishing Corporation

「乙葉……今日だけ俺と入れ替わってよ」
「……はい？」
　地味なあたしが……双子の兄、嵐と入れ替わってヤンキー高校に潜入!?
　えーっ、そんなのムリ！
　しかも、嵐の一番の友達は、超キケンなヤンキー。
　モテるし、チャラいし、あたしとは絶対に無縁……のはず。
　なのに、どうして近寄ってくるの!?

「決めた。乙葉を、俺の女にする」
　イヤなのに、なぜか気になる。
　あたしがこんな風になるなんて……。
「今日は乙葉だよな？　このままここで襲ってもいい？」
「いいわけないでしょーっ!!」
　誰か、あたしのもとの生活を返して〜！

第1章
男子校に潜入！
マジメなあたしがヤンキーに？

アイドル系男子＋メガネ女子＝真逆な双子	8
チャラ系男子、虎之助	15
授業中のありえない光景	24
男として合コン参加!?	32
誰を落として帰ろうか	45

第2章
ヒマワリみたいなキミが好き

悪夢の始まり	60
ロックオン！	71
嵐の本気	91
あたしはこういう女です	112

第3章
チャラいの？　一途なの!?
とまどう乙女心

虎ちゃんの気持ち	130
乙葉にチェンジ！	150
新たな誤解	162

第4章
ギリギリ寸前！
バレるのも時間の問題

男同士で、甘いデート!?	184
俺の、かわいい双子の妹	201
虎ちゃんの甘いささやき	218

第5章
チャラくてキケンな、
あたしの彼氏

俺を好きになれよ	238
ホントは、どっちが好きなの!?	252

番外編
チャラ男も、たまには
マジで恋するんです

恋に悩む、嵐ちゃん	282
幸せいっぱい乙葉ちゃん	298
キミに溺愛	306

あとがき	332

第1章

男子校に潜入！マジメなあたしがヤンキーに？

アイドル系男子＋メガネ女子＝真逆な双子

「乙葉……今日だけ俺と入れ替わってよ」
「……はい？」
　なにを言われたのか、まったく理解できなかった。
　朝、学校に行くために制服に着替えようとしていたあたし。
　その部屋に突然入ってきて、そんなことを言い放ったのは……あたし、桃谷乙葉の双子の兄、桃谷嵐。
「ボーッとしてないで、さっさと俺の制服着ろよ」
　乱暴に、嵐が普段着ている制服を投げられて、思わず飛びのく。
「そんなこと言われても……できないよ」
「できないじゃねーだろ、やれ。お前に勇気がないから、俺が行くだけのこと。そーだろ？」
　そうやってにらみつけられたら、もう従うしかない。
「バレたらどうするの!?」
「大丈夫、絶対にバレないよーにする」
　自信満々に笑う顔が、まぶしい。
　あたしと嵐は二卵性双生児だけど、顔も背格好も瓜ふたつ。
　だから、性別がちがっても、入れ替わることなんてたやすいって思われるかもしれない。
　だけど、あたしたちには決定的なちがいがあるんだ……。
　漆黒の髪に、耳にはピアス。
　あたしと同じ顔のはずなのに、嵐はアイドルみたいに

第1章　男子校に潜入！　マジメなあたしがヤンキーに？

カッコいい。
　小さい頃はよくまちがえられたけど、高2になった今では、そんなことは絶対にない。
　身長167cm。顔も女の子っぽくて、かわいい系なんだけど、性格はそうでもない。
　中学のときから不特定多数の彼女を連れ歩き、モテまくりのやりたい放題。
　少しやんちゃだったこともあって、高校進学とともにヤンキーになってしまった。
　嵐の入った高校は、ヤンキーの集まる男子校、荻久保高校。
　ここの生徒とは、できればあまり、かかわりたくない感じ。
　それに対してあたしはというと、中学から大学までエスカレーターで、いわゆるお嬢様学校と呼ばれる、花華女子学園に入学した。
　黒のロングヘアに、顔を覆うようにおろしている長い前髪。
　あたしは、ヤンキーやケンカとは無縁のメガネ女子だ。
　嵐と同じ顔をしていても、あたしの表情は……暗い。
　ハデな嵐とちがって、地味なあたし。
　そんな、誰が見ても正反対のあたしたちが入れ替わるなんて、ありえない。
　ごまかしがきくのは、嵐と同じ167cmっていう、女子にしては高めの身長だけだよ。
　あたしがとまどっている間に、花華女子の制服を身に着け、いつの間にか用意していたウィッグをかぶった嵐を見て、言葉を失った。

……完全に、あたしだ。
　前髪で目を隠したことによって、嵐からはアイドルっぽいオーラは消えている。
　信じられないよ……今、目の前にいるのは、ホントに嵐なの!?
「メガネ借りるな」
　そう言って、あたしから強引にメガネを奪う。
「それがないと困るっ、見えない……」
「ウソつけ！　全然、度が入ってねーじゃん。乙葉は……メガネを外したら、変われる。今日だけは、俺になりきれ」
「嵐に……？」
　昔から、あたしがやりたいことを全部、実現してきた嵐。
　友達とモメたときも、力だけじゃなくて、言葉と笑顔であっという間に解決しちゃうところや、すぐに彼女ができるところや、友達の多いところ。
　気さくで明るくて、小さい頃から……嵐は、あたしの憧れだった。
　そんな嵐に、あたしがなりきる!?
　……絶対にムリだしっ!!
　そう思ったのに……ムリヤリ嵐に変装させられる。
　嵐が用意した黒髪ショートのウィッグと、ピアスをつけ、荻高の制服を着る。
　そして最後に……まっすぐおろしていた、重くてうっとうしい前髪を横に流した。
　……自分の顔、久々に見たかも。

双子だから当たり前なんだけど、あたし、嵐と同じ顔してる。
　ふてくされた表情も、嵐になれば、スカしているように見える。
　眠たくて目を細めただけで、にらんでいるように見える。
　すごい……の、ひと言に尽きる。
　最後に制服を適当に着崩され、今日のあたしは、どこからどう見ても嵐になった。
「実はさ、今日テストあんだよな。赤点取ったら夏休みに毎週、補習に行かなきゃなんなくて。乙葉なら、余裕だろ？　よろしく」
「テスト!?　自分で受けなきゃ意味ないのに……」
　そう言うあたしをスルーして、嵐は自分の部屋に戻っていった。
　嵐と入れ替わって荻高に潜入するなんて、不安でしょうがないけど……もう、行くしかない。
　どうか、無事に1日が終わりますように……。

　――キーンコーンカーンコーン。
　チャイムが鳴るのを聞いたあと、あたしはカバンを持って目的の教室へと移動する。
　目指すは、2年A組。
『いいか、乙葉。教室に入るのは、チャイムが鳴ったあと。遅刻するのが当たり前って顔で、教室に入れよ？』
　嵐の言いつけどおり、あたしはチャイムが鳴るのを体

館裏で、じっと待っていた。
　教室に向かう途中、鏡で自分の姿を確認する。
　黒髪のショート、耳にはピアス。
　前髪を軽く横に流して、そこからのぞく鋭い眼光。
　第２ボタンまで外したシャツに、ゆるく結んだネクタイ。
　制服を着崩して、いかにもヤンキーの風貌をしているあたしは今……いつものあたしじゃない。
　どっからどう見ても、桃谷嵐。
『とにかく、ナメられるなよ』
　そう……言われたから、今日家を出てから目が合った学生をとりあえず全員にらんでみた。
　今まで人をにらんだこともないし、逆ギレされたらどーしよう！って思ったけど、それは大丈夫だった。
　嵐ってすごい。
　この格好をしてるだけで、あたしの目の前にいる生徒がどんどん道をあけていく。
　……結構、気持ちいーかも。
　それはそうと……なんで、あたしが嵐の格好をするハメになったのか。
　それは、つい数日前のこと……。

『なに━━━━っ!?』
　夕飯のとき、あたしが学校での話をしていたら……突然、嵐が叫びだした。
　さっき口に入れたばっかりのご飯が、見事にあたしの顔

に飛び散る。
『もうっ！　汚いっ！　しかも、そこまで驚く!?』
『当たり前だって！　なんでお前、止めねーの!?』
『だって……あたしだって、怖いし……』

　そのときの話題は、クラスでのモメごと。
　あたしの友達の弥生ちゃんが、クラスのリーダー格の大塚さんっていう女子から、軽いイジメにあってるの。
　体育のときに集中攻撃されたり、以前からそれとなく予兆はあったんだけど……1週間ほど前から激しくなった。
　今は、意味もなく弥生ちゃんをにらんできたり、無視することが多い。
　用があって話しかけてるのに、スルーされるのは、ホントに不快。
　それでも、クラスで目立っている大塚さんのグループと、弥生ちゃんやあたし属する存在感の薄いグループでは、力関係はハッキリしている。
　グループの友達で話し合った結果、大塚さんに刃向かうのも怖いし、彼女の気がおさまるまで、放っておこうっていうことになった。
『怖いって……弥生ちゃんがイジメられてんのに、黙って見てんのかよ!!　お前、それでも友達!?』
『だってぇ……』

　弥生ちゃんは152cmの身長に、染めていないのに自然な薄茶のセミロングヘアで、おっとりしている女の子。
　ときどき家に遊びにくるから、嵐も顔は知っている。

おとなしいけど、暗い印象はなくて、ほんわかしてるんだ。
慣れるとよくしゃべるし、笑顔がすごくかわいい。
家の外では尖ったイメージの嵐も、弥生ちゃんにはすごく好意的に接している方だと思う。
たまに弥生ちゃんが家に遊びにくると、『どーも』って声かけたりしてるし。
他の友達だと、こうはいかない。
みんなが、『乙葉のお兄ちゃん、カッコいい!!』ってさわいでいても、はぁ？みたいな顔して、すぐに自分の部屋にこもる。
それなのに、弥生ちゃんが来てるときは、軽く微笑んでいたりするから、そのちがいは歴然。
きっと……弥生ちゃんの癒し系の雰囲気が、嵐をそうさせてるってことだよね!?
とにかく、そういう経緯があって、あたしと嵐は1日だけ入れ替わることになったんだ。
でも、あたしが代わりに荻高に行く必要はないでしょ!!
それは絶対、嵐が今日のテストで赤点を免れたいだけ……。
まぁ、弥生ちゃんのことは嵐にお願いした方がいい気もするし、今日は素直に荻高に行くことにした。

チャラ系男子、虎之助(とらのすけ)

　——ガラッ!
　勢いよく教室のドアを開けると、ぐちゃぐちゃになった座席が目に入ってきた。
　……うわぁ、なにこれ。
　当たり前だけど、男の子ばっかりだし。
　その中で、男の子ふたりが床に転がって取っ組み合いのケンカをしていた。
　ドラマに出てきそうな、乱闘(らんとう)シーン。
　茶髪(ちゃぱつ)の男の子同士が、もみくちゃになって争っている。
　まきこまれてもイヤだから、あたしは素知らぬ顔で、事前に聞いていた嵐の席へと向かう。
　ヤンキー、お決まりの席!? 教室の一番窓際、一番うしろに座る。
　こんな状態だから、遅刻の演技(えんぎ)なんてとくに必要なかったみたい。
　ウワサには聞いていたけど、荻高ってホントにヤンキー校なんだ……。
　嵐は、家にはヤンキー友達を連れてきたことがない。
　だから今日ここに来るまでは、嵐が本物のヤンキーかどうか半信半疑(はんしんはんぎ)だった。
　だけど今、確信した。
　校内で日常的にケンカしてるなんて、ヤンキー校ならで

はだよね。嵐もまちがいなく、この一員なんだ。
　先生はまだ来ていないみたいで、生徒たちはみんなでケンカを見て盛りあがっている。
　……頭痛い。
　嵐って、いつもこんな教室で勉強してるんだ。
　頭も悪くなるはずだよ。
　あたしはケンカを横目に、ふぅと小さくため息をつく。
　どうか、このまま……今日1日、あたしのことはそっとしておいてください。
　そう、願うばかり。
　いつケンカが終わるんだろうって思っていると……。
　──バーン!!
　勢いよく教室のドアが開いた。
　なっ……なにっ!?
　振り向くと、開いたドアから、背の高い金髪の男の子が現れた。
　うわっ……超イケメン!!
　怖いとか、すごい音がしたっていう前に、まずそのイケメンっぷりに釘づけ。
　そして、教室内の他のヤンキーとはちがう、輝くオーラをまとっているように見えた。
　一瞬のことなのに、時が止まったように感じてしまう。
　ヤンキーに興味のないあたしでもドキッとするような、鋭い視線。
　なんだか、胸がドキドキする……。

だけど、よく見ると金属バットを肩に担いでいる。
……えっ？
——ガシャーン‼
金髪の彼が、思いっきり、廊下側にある窓をたたき割った。
う……わぁ、実はとんでもないヤツ⁉
やっぱり荻高！　またヘンなのが出てきた‼
とたんに静まりかえる、教室の中。
ケンカを続けていたふたりも、その音にビビッたのか、動きを止めて金髪の彼の方を見ている。
「おい、テメーら……いいかげんにしろよ？　俺、今イラッとしてるから、次はお前ら殴ってやろっか？」
「虎……マジでバット持ってくんなよ。お……俺が悪かった」
ケンカしていたふたりがその場で土下座をして、平謝りしている。
"虎"と呼ばれたその男の子は、フッと笑うと、バットを床に投げ捨てた。
「あと、ヨロシク」
ケンカしていたふたりはバットを拾うと、教室のうしろからホウキとちりとりを持ってきて、割れたガラスを掃除しはじめる。
なっ……なんなの、この学校。
ケンカを止めるのに、普通に窓ガラス割っちゃうんだ⁉
ヤバイ……絶対にヤバイ。
この金髪とだけは、絶対に目を合わせちゃいけない……。

あたしは両手を握りしめて、いつものように下を向いたままうつむき、じっとしていた。
　——ガタン。
「嵐ぃ〜。おはよ」
　……ウソ。
　なにかのまちがいだよね？
　見たくないけど、少しだけ目線を動かすと……横目に金髪が見えた。
　ひいっ……!!
　よりによって、嵐の友達なの!?
　しかも最悪なことに、となりの席っ!!!!
「お……おぅ」
　あたしは目を合わせないまま、軽くうなずいた。
「嵐〜、聞いてくれ！　昨日、となりの学校のヤツに絡まれてさ」
　絡まれた!?
　そんなの普通にあるの？
「へ……へぇ」
「……嵐、なんか今日……いつもとちがうな」
　——ドキーッ!!
　ばっ、バレた!?
「ゲホッ、ゲホッ……風邪ぎみで……」
　声のトーンを落とし、嵐に似せてみた。
　風邪って言えば、それっぽくも聞こえる。
「マジで？　昨日まで普通だったのになー。どれ、見せて

第1章　男子校に潜入！　マジメなあたしがヤンキーに？ ≫ 19

み」

　ひぃっ!!

　金髪があたしの視界に突然、現れる。

　切れ長の目に、長いまつげ。スッとした高い鼻。

　さっきの行動からして、鋭い目をしているのかと思えば、笑みを含んだような優しい瞳の持ち主。

　嵐のカッコよさなんて比較にならないほど、整ったキレイな顔。

　さっきも思ったけど、やっぱりカッコいい……。

　って、あたしはなにを思ってるの!?

　嵐以外の男の子をこんなに間近で見ることなんて、今までなかった。

　中学から女子校だったし、男の子を知らなすぎるせいで、そう見えるのかもしれない。

　こんな金髪ヤンキーにときめくなんて、あたし……どうかしてる。

「嵐～、風邪なんて冗談じゃないぜ～。今日がなんの日か、覚えてんの？」

　あたしのおでこにさわろうとしてきたから、サッとうしろによけた。

　大人っぽい顔つきなのに、目がなくなりそうなほど、めいっぱい笑う。

　そのかわいい笑顔に、あたしは釘づけ……。

「今日は、テストだろ……ゴホッ、ゴホ」

　そう言ったら、これでもかってぐらい大げさにガクッて

なってる。
　そしてそのまま、あたしの机に身を乗りだしてきた。
「かっ……顔が近い‼」
　大あわてで押しのける。
　そしたら思いっきり、不機嫌な顔をされた。
　あ、ヤバい。怒らせちゃった!?
「テストなんてどーでもいいから。今日は合コンの日だろ？ 俺が幹事なんだから、お前……絶対、穴あけんなよ～」
「ごっ……合コン～～～っ!?」
　聞いてないし！
　っていうか、嵐……今、彼女いたよね!?
　なんで、合コンなんかに参加するの!?
「お～いっ！ 驚くのは俺の方だから。まさか……忘れたとは言わせねーぞ」
　金髪があたしの襟もとを軽くつかむ。
「きゃあ！」
「女みたいな声出してんじゃねーよ。なんか、ヘンだと思ったけど……お前、もしかして……」
　嵐じゃないって、バレたらどうしよう。
　怖いっ……。
　恐怖のあまり、あたしはギュッと目をつぶった。
「記憶……飛んだ？　昨日、公園でさわぎすぎて寝不足なんじゃね？　だから、俺んち泊まってけって言ったのに」
「えぇっ!?」
　目を見開くと、あたしの目の前でニコニコ笑う、とびき

りの笑顔が飛びこんできた。
　昨日そんなことしてたのにもビックリだけど、金髪のこの笑顔に、思わずキュンとしたあたしにもビックリだよ。
「今日の嵐はなんかヘンだな……だけどま、いっか。な〜、今日の合コン相手、どこだと思う？　言ってなかったけど、花華女子だぜ。超お嬢様!!」
「え——————っ!?」
　思わず、叫んでいた。
　だって、花華女子って、あたしの学校！
「うっ……腹が痛ぇ……」
　あたしは仮病を使ってみた。
「その仮病、やめろ」
　ううっ！
　あっさり見破られてしまった。
「お前がさ〜、お嬢様嫌いなのは知ってるけど？　こないだナンパした女が花華でさ。友達紹介しろってうるせぇから、急遽セッティングしたんだって」
　ウチの学校の生徒をナンパとか……ありえない……。
　しかも、こんなチャラそうなヤツにひっかかる子がいるなんて……。
　いや、そういうあたしも、イケメンだとは思ったけどね。
　だけど、だからって！　合コンはないよ。
「俺、彼女いるからパス」
　そうだよ、嵐には付き合ってる彼女がいるはず。
「あれ？　もう飽きたからフッたとか言ってなかった？」

あ……あの男……。
　　前からだけど、嵐って、ホント彼女と長続きしない。
　　また別れたんだ!?
「いやっ……またヨリ戻したから」
「ふ〜ん……それでも、参加しろ？　お前がいないと始まらねぇ」
　　そっ、そんなー!!
「金髪だって、彼女いなかったっけ!?　悪いじゃん、そんなの」
　　とりあえずそう言ってみたら、金髪が目を見開き、あたしを凝視(ぎょうし)する。
　　しっ……しまった。
　　あたし今、"金髪"って言っちゃった!!
　　きっと、嵐はちがう呼び方してるよね？
「お前……」
「あぁっ……えと」
「入学式以来だよな。俺のこと"金髪"って呼ぶの」
　　は……はぁ!?
　　そうだったんだ、偶然(ぐうぜん)ってすごい。
「お、おー」
「いつも、"虎ちゃん"って呼んでんだろ？　"金髪"って、なんかよそよそしーな」
　　とっ……"虎ちゃん"ね……。
「虎ちゃん、とにかく合コンは……」
「俺が特定の女、作んないの知ってるだろ〜。日々、楽し

けりゃい〜じゃん？　女なんてどれでも一緒だし」
　う……わ。
　見かけどおり、チャラすぎる……。
「花華女子は……俺らには合わないんじゃないかな」
「なに、いきなりマジメぶってんの？」
「そーいうわけじゃ……」
「とにかく。逃げたら、ボコボコにするから……わかってるよな？」
　思いっきりにらまれ……あたしは、「はい」とうなずくしかなかった。
　だって、本気でボコボコにしそーなんだもん!!
　コイツ、怖すぎるよっ!!

授業中のありえない光景

　しばらくして先生が教室に入ってきた。
　窓ガラスが割れていたことに怒っていたけど、名乗り出たのは虎ちゃんじゃなくて、ケンカをしていたふたりだった。
　虎ちゃんをチラッと見ると……となりの席で、机に足を乗せてダルそうにしている。
　……自分がやったって言わないんだ？
　クラスのみんなも、誰も本当のことを言おうとしない。
　いくらケンカを止めるためっていっても、金属バットでガラスを割るなんて、ありえない。
　そうは思うけど、結局なにも言えないままHR（ホームルーム）が終わり、1時間目が始まった。
　授業中は、みんなちゃんと席に着いて授業を受けていた。
　雑談は聞こえるものの、意外にマジメなんだ？
　そう……思っていたら。
　ツンツン。
　あたしの脇腹に、なにかが当たる。
　……ん？
　それを見ると……。
「ぎっ……」
　叫びそうになって、思わず口を自分の手でふさいだ。
　だって、となりの席の虎ちゃんが、あたしにエロ雑誌を突きつけていたんだ。

「回ってきた」
「いっ……いらない」
　あたしは雑誌から目をそむけ、虎ちゃんに雑誌を突き返す。
「俺もいらね〜から。お前、読めよ」
「俺もいらないっ!!」
「いつも喜んで食いつくくせに〜。やっぱ今日はヘンだなっ。じゃ、これは返却〜」
　そう言いながら、なんだかうれしそうに、自分の前の席の男の子に雑誌を渡している。
　嵐……いつもこんなの見てるんだ。ヘンタイ……。
　嵐の部屋には置いてないし、この手の雑誌、初めて見た。
　学校でこんな……こんなの見てたなんてっ!!
　ううっ……男って、ヤダ。
　ブルッと身ぶるいすると、虎ちゃんが笑う。
「嵐、ど〜した？　寒気か？　やっぱ風邪？」
　そして、あたしの机に自分の机を寄せてくる。
「だから、朝から言ってんじゃん……」
　とりあえず、風邪ってことで通そう。
「ふ〜ん。お前さ〜、今日……あんま目ぇ合わせないのな。どした？　なんか、悩んでんのか？」
「べっ、べつに!!　朝からエロ本、回してくるから怒ってんだって!!」
「ハハ、そっか。ま〜、俺もあんま興味ねぇけど……」
「そうなの？　虎ちゃんは……見ないんだ？」
　見た目はいかにもエロそうなのに、なんだか好感度ＵＰ

かも。
「雑誌見たってヤれね〜じゃん。本物の方がいいに決まってる」
　そっちですか。あぁ……最悪だ。
「花華女子か〜。ホテル誘(さそ)ったら来るかな？」
「はぁ!?　いっ……行くわけないでしょ!!」
　今まではコソコソ話をしていたけど、ここばかりは大声を出さずにはいられなかった。
「…………」
　し、しまった!!
　つい、いつものしゃべり方になってた!!
「嵐……今日はやたらマジメ発言多いよな〜。どした、生まれ変わった？」
　う、生まれ……って、嵐っていったい、学校ではどんなヤツなの!?
　あたしは家での嵐しか知らないから、ただ見た目がヤンキーなだけなのかと思ってたのに。
　合コン行きまくり、エロ雑誌見まくり、実はとんでもないヤツなの!?
「そっ……そーだよ。今日の俺は、いつもとちがう」
「へ〜。どんな風に？」
　虎ちゃんがニンマリ笑って、あたしの顔をのぞきこんでくる。
「どんなって……」
「いっつも思うけど、嵐って、かわいい顔してるよなー。

なに、この肌。プリプリなんですけど！　女みてぇ」
　ひっ……！
　虎ちゃんがあたしの頬を、プニプニとつまむ。
「うっ、るせーな！　女とか言うなよ！」
「アハハ、怒った。いつもの嵐だな〜。なぁなぁ、昼飯なに食う？　昨日ジャンケン負けたから、俺が奢るぞー」
　ウソ！
　お昼までコイツと一緒にいたら、おかしくなっちゃう！
　なんとか理由をつけて、断らなきゃ。
「遠慮しとく……それに、俺……今日は弁当だから」
　嵐は奢りのことなんて言ってなかったし、今日はいつもどおりお弁当を持ってきた。
「弁当？　へー、そっか。なら、別々に食うか」
「……だね」
　ふぅっ。とりあえず、お昼はひとりになれそう。
「おい、そこ。いちゃつくな。席離せよー」
　先生がこっちをにらんでいる。
　虎ちゃんは、かわいく「はーい」と言ったあと、席をもとの位置に戻した。
　よかった……。
　てか、先生も、いちゃつくって……なんなんですか？
　あたしたち、今は仮にも男同士ですから。
　だけど……そう言われると、生まれてから一度もいちゃついたことのないあたしは、なんだかドキドキする。
　今のって、そーいう風に見えたんだ？

となりの虎ちゃんをそーっと横目に見ると、机の下でケータイをいじっていた。
　その顔は笑顔で、誰にどんなメールをしてるのか、少し気になる。
「授業中だよ、メールは……」
　それとなく、注意してみる。
「んあ？　俺に指図(さしず)すんの？」
「そういうわけじゃ……」
「今日の合コン相手から連絡が来たから、返信してた」
　彼女じゃなかったんだ？
　意味もなく、ホッとしているあたし。
　きっ、気になってるわけじゃないから！
　思わず自分にツッコむ。
　そうだ、合コン相手が誰なのか聞かなきゃ。
　あたしの知ってる子だったら、大変だよ。
「それ、なんて子？」
「名前……なんだっけ。"花華の女"としか登録(とうろく)してねぇや」
「ナンパして、連絡先を交換(こうかん)したのに？」
「まーな。どーでもいーし」
「えっ？」
　虎ちゃんって、ホントにチャラい。
　とりあえず声かけただけっていうのが、丸わかり。
「べつに付き合うわけじゃないし、適当で。いちいち名前登録してたら、それこそわけわかんなくなる」
「わけわかんなくなるって……いったい、どれだけナンパ

してるの?」
「お前が聞くなよ。いつも一緒に行ってんだろ?」
　あぁ……そうなんだ。
　嵐も、これと同類なんだ……。
　妹として、なんだかガッカリ……。
「だけど、本命にするなら……ナンパに引っかからないヤツがいーけどな」
　……え?
「なにそれ」
「お前もよく言ってんだろ?　本気になるなら、いつもとちがうタイプがいいって」
　嵐がそんなこと言ってたの?
　ギャルの彼女とのプリしか見たことないよ?
「だから、わざわざ花華の子ナンパしたんだろ。お前のためだし!」
　ニッコリと、あたしに向けられた笑顔がまぶしい。
「俺のためって……」
「実は、俺もちょっとは興味ある。お嬢様が、どういう風に乱れんのか……」
「はぁっ!?」
「アハハ、だって、そーいうことだろ?」
「ちがう～っ!　そんなんじゃないしっ!!」
　嵐の本音はわからないけど、きっと、そういう意味じゃないはずっ!
　あぁ……コイツとしゃべってると、やっぱり疲れる……。

「虎ちゃんは、今日の合コンで彼女作んないよね？」
　軽い気持ちでウチの学校の生徒と付き合うのだけは、絶対にやめてほしい。
「さぁ？　なにかが起こるかも……」
「はぁ？」
「ナンパした女は、たいしたことなかったけど……花華女子だろ？　メンバーの中に、見たこともないマジメそーなお嬢が現れたら、本気になるかも」
　ドキッ。
　こんなチャラい金髪ヤンキーでも、そんな風に思ったりするんだ？
　花華には、たしかにギャルはひとりもいない。
「な〜んてね。俺がそんな感じになるわけねぇじゃん？　マジメな女なんて、ごめんだね。頭もガードも固いって、最悪じゃね？　俺とは絶対に、合わねぇわ」
　ごもっとも……。
　あたしも絶対、あなたとは合わない気がする。
　今日の合コン……。
　ホントは気が進まないけど、ウチの学校の子が、コイツの毒牙にかかるのを阻止しなきゃ。
　あたしはその一心で、合コンに参加することを決めた。
　先生に注意されたあとも、結局しゃべり続けていたあたしたち。
　他にも話している生徒がいたし、とくに目立った行動をしなかったからか、もうなにも言われなかった。

無事にテストも受け、今日すべての授業が終わる。
テストはあたしにとってはすごく簡単だった。
そして放課後、虎ちゃんを筆頭に合コンメンバー5人で、待ち合わせ場所のファミレスへと向かった。

男として合コン参加!?

　ファミレスは、学校の近くにあった。
　荻高の合コンメンバーは、虎ちゃんはじめ、みんなイケメン。
　イケメンの友達は、みんなイケメンなの？ってぐらい、レベルが高い。
　虎ちゃんとあたし以外の3人は他のクラス。
　全員茶髪でハデだから、花華女子と同じテーブルにいたら……ものすごい違和感(いわかん)かもしれない。
「もう、とっくに店に着いてるって。俺らは10分遅刻か」
　虎ちゃんが腕時計(うで)を確認しながらそう言うと、メンバーのひとりがヘラヘラと笑いだす。
「お嬢様の方が、やる気満々だったりして？」
　学校を出るまでみんなダラダラしていて、やる気なさそうに見えたのに、待ち合わせ場所に近づくにつれて、メンバーのテンションがあがっていくのがわかる。
「おっしゃ〜、行くぜ！　誰が一番はじめに店に入る!?」
　その中でも、やたらと気合いの入っている男が約1名。
　虎ちゃんと仲がいいっていう、金髪メッシュの満(みつる)くん。
「お前、行けよ」
　苦笑いしながら、虎ちゃんが満くんの背中を押す。
　あたしはもちろん、一番うしろ。
　ドキドキドキ……。

相手は、花華女子の2年らしい。
　同い年だし、知ってる子がいたらどうしよう……。
　この合コンで、ウチの学校の子が虎ちゃんの毒牙にかかるのを阻止しなきゃと思ってたのに、やっぱり、あたしだってバレたらどうしようって、そっちのが気になってきた。
　ビクビクしながら周りを見渡していると……。
「キャ〜……ウソッ、あの人たちなの!?　超イケメンじゃん。さすが、美香だね」
「他に女の子いっぱいいたのに、あたしだけに声かけてきたの」
　ファミレスの奥の方から、そんな声が聞こえてきた。
　ん……この声。
　どこかで聞いたことがあるような。
「あぁっ!!」
　あたしは思わず声をあげてしまった。
　こういうやりとりを、あたしはよく教室で耳にする。
　"美香"って、まさか……。
「嵐の知り合い?」
　あたしの声に振り向いた虎ちゃんが、怪訝そうに見つめてくる。
「いや……ちょっと、腹が痛くて……俺、トイレ行ってくる」
　や……ヤバい。
　超絶ヤバい!!!!
　トイレ、トイレ!!
　あたしは大あわてでトイレに駆けこんだ。

ハァ〜……。
マズいって!!
"美香"って……大塚さんだぁ!!
あたし、絶対バレる。だって、同じクラスだよ!?
あたしの顔、知らないわけないし。
どうしよう、どうしよう、どうしよう〜〜〜っ!!
ふと顔をあげ、鏡を見てハッとした。
……あれっ、そっか。
あたしは今、嵐で。
メガネと前髪で顔を隠している、あたしじゃない。
しかも、いつも鏡を見ては、ため息をつきたくなるぐらい暗い表情をしているあたしは、嵐の格好をしていると、むしろ陰があってカッコいい。
もしかして……イケる?
そう思ったとき、トイレの個室から誰かが出てきた。
それは……なんと弥生ちゃんだった。
「やっ、弥生ちゃん!?」
「えっ……」
あたしを見て、引きつった顔の弥生ちゃん。
「弥生ちゃんっ、どうしてここに!?」
あたしは思わず、弥生ちゃんに話しかけていた。
「や……チカンッ……」
……へっ!?
今にも叫びだしそうな弥生ちゃんの口を、あわてて手でふさいだ。

しまった！
あたし、今、男の格好してたんだ！
それなのに、いつもどおり女子トイレに入ってしまった。
どうしよう!!
だらしなく男子の制服を着ているあたしは、弥生ちゃんの目には完全に男に映ってるみたい。
しかも……今にも泣きそうに目を潤ませ、あたしの腕の中でひどく怯えている。
とてもじゃないけど、あたしが乙葉だってことには、気がついていないみたいだった。
これって、完璧に変装できてるってことだよね!?
だとしたら、嵐になりきって話しかけても、絶対にあたしだってバレないはず……よし！
「静かにしろよ……じゃなきゃ、今ここで襲うから」
嵐が言いそうな言葉を並べてみる。
すると弥生ちゃんは、ピタリと動きを止めた。
あぁ……弥生ちゃん。
ごめんね。
ホントにごめんね。
あたしは頭の中で、何度も弥生ちゃんに謝った。
人一倍、臆病な弥生ちゃんは、嵐のことなんて覚えてないみたい。
家に何度か遊びにきたことがあるけど、ヤンキーっていうだけで、きっと目を合わせないようにしてたんだ……。
だから、これがあたしの兄だとも気がついていない。

「なにも……しません。誰にも言いません……だから、離して……」
　大きな目からポロポロと涙をこぼし、必死で懇願する弥生ちゃんを見ていると、胸が痛くなってくる。
　あたしはそっと手を離すと、ふうぅ……っと大きくため息をついた。
　それだけで、またビクッと肩をふるわせている弥生ちゃん。
　なんて、かわいらしいんだろう。
　あたしが弥生ちゃんの立場だったら、噛みついてるかも。
　なんて思いながらも、これからどうしようかと考える。
　大塚さん以外の合コンメンバーが、ウチのクラスの子かどうかはわからないけど、弥生ちゃんにバレなかったんだから、このまま嵐のフリをして合コンに参加しても大丈夫かもしれない。
　少しだけ、自信がついてきた。
「もう……行って、いいですか？」
　涙目で訴える弥生ちゃんに、あたしは笑いかけた。
　怯えさせても逆効果だよね。いつも嵐が弥生ちゃんにしてるみたいに、優しく接しよう。
「ごめん……ビックリしたよな。トイレまちがえてさ……」
「え……」
「今から合コンするんだけど、全然やる気なくて……腹痛くなって、あわててトイレに逃げてきたら、まちがえた」
「……もしかして、荻高？」
　えっ、どうしてそれを!?

さっきまで泣いていた弥生ちゃんは、あたしを見て目をパチクリさせている。
「そうだけど。なんで？」
「あたしも……ムリヤリ連れてこられて。相手が荻高だって聞いたら、怖くて……だからあたしも、トイレに逃げてきたの」
　ちょっと待って、どうして弥生ちゃんが大塚さんと？
「大塚って女と一緒？」
「そうなの……いつもあたしを無視してるのに、メンバーが足りないから来てって言われて……。男の子苦手なのに、断れなかったの。大塚さん、困ってたし……」
　優しい弥生ちゃん。
　大塚さんにいつもイジワルされてるのに、困ってたから放っておけないなんて。
　ていうか、大塚さんはいったい、なにを考えてるの？
　弥生ちゃんは、学校の男の先生ですらダメっていう、極度の男嫌い。そのことは校内でも有名なのに、わざわざ誘うなんて。
　しかも相手がヤンキーなんて、これもイジメの一環じゃないの？
「……そっか。俺のこと、怖い？」
　弥生ちゃんはあたしをじっと見つめて、コクンとうなずいた。
「ごめんなさい……あたし、男の子が苦手だから……」
「うん……俺、実はさ。弥生ちゃんと会ったことあるよ」

弥生ちゃんが怖がらないように、そっと優しく話しかける。
　見た目はヤンキーだけど、できるだけやわらかい雰囲気に見せられるように微笑み、目に溜(た)まった涙をぬぐってあげる。
「ていうか……あたしの名前！　どこかで会った？」
　これまでにも何度か、"弥生ちゃん"って呼んだ気もするけど、今さらながら気がついたようだった。
　女子トイレに男がいるだけで驚いただろうし、かなり気が動転してたんだね……。
「そう。桃谷嵐って言えば、わかる？　乙葉の……双子の兄貴」
　あたしがそう言うと、弥生ちゃんは大きな目をさらに大きく見開いた。
　思い出した!?
　それとも、あたしが乙葉だって気がついた!?
　ここでカミングアウトしてもいいんだけど、嵐になりすましてるって言ったら、今日学校にいた乙葉が、嵐だってバレてしまう。
　もしそうなったら、弥生ちゃんはかなりショックを受けるだろう。
　ここは、自然にバレるまで……黙っていることにしようかな。
「全然、顔覚えてないんだけど……乙葉ちゃんのお兄ちゃん？　ホントに!?」
　弥生ちゃんは少しホッとした表情を浮かべ、あたしに近

寄る。
　そして至近距離で、まじまじと見つめてくる。
　あ、覚えてなかったんだぁ〜。
　そっか、弥生ちゃんって、たしか人の顔を覚えるのが苦手だっけ……。
「似て……ないね」
「え、そう!?」
　あたし的には、顔の造りはそっくりだって思ってたんだけど。
「乙葉ちゃんは、もっと女の子らしい顔してるもん。こんなにキツい顔してない……って、あっ……ごめんなさい。あたし、ひどいこと言ったかも」
　弥生ちゃん、あたしのこと、そんな風に思ってくれてたなんて！
　やっぱり大好きだよ〜〜!!
　思わず、弥生ちゃんの手をギュッと握ってしまう。
「ありがとう!!　乙葉も喜ぶと思う。今日は、過激なメンバーが多いから……俺がずっとそばにいてやろうか？」
「えっ……ホントに!?」
　我ながら、なんて嵐になりきってるんだろうって感心してしまう。
　合コンなんか、このまま逃げたっていいって思ってた。
　だけど、こんなに不安そうな弥生ちゃんを見ていたら、放っておけない。
　男の子が苦手なはずの弥生ちゃんも、知らないヤンキー

に囲まれるよりは、あたしのお兄ちゃんの方がまだ耐えられる存在なのか、もう怯えていない様子。
「ありがとう……荻高って、ヤンキーの巣窟だと思ってたけど……ヤンキーの中にも、嵐くんみたいに優しい男の子もいるんだね。乙葉ちゃんの家に行ったときも、怖くて……目が合わせられなくてごめんね」
　よかった。
　弥生ちゃんに、やっと笑顔が戻ってきた。
「そんなの、いーって。で、今日は乙葉は？」
　朝別れてからまったく連絡がないけど、嵐は今どこにいるのかな。
「それが……」

　弥生ちゃんに話を聞いて、腰を抜かしそうになった。
「乙葉ちゃん、大丈夫かな」
「うーん……多分ね。体だけは頑丈なはずだから」
　いつも朝はギリギリに登校する嵐。
　今日も、あたしの格好をしていても当然、遅刻。
　ウチの学校は、遅刻したら絶対に学校に入れてもらえない。
　それなのに……。
　門によじ登り、校内に侵入しようとしたらしい。
　気がついた先生に叫ばれて、逃げようとしたら……足をすべらせて地面に落ちたんだって。
　結局、弥生ちゃんのイジメを解決するっていう、本来の目的を果たすことのないまま、念のため病院に行くことに

なったみたい。
　まぁ、大事には至らなかったみたいだけど。
　あぁ……我が兄ながら、そのドジっぷりに笑っちゃう。
　ってことは、時間的にもう家に帰ってるはずだよね。
　今頃、家で寝てるのかな？
「そろそろ行かないとね」
　あたしが言うと、困ったように顔を曇らせる弥生ちゃん。
「今日は俺に任せて。絶対に守ってあげる」
　あたしの言葉に、弥生ちゃんが顔をまっ赤にした。
　……あれっ。
　こんな弥生ちゃん、はじめて見たかも。
「ありがとう」
　小さくつぶやくと、弥生ちゃんは急いでトイレを出ていった。
　弥生ちゃん、男の子が苦手だもんね。
　うちは女子校だから、男の子と接するところを見たことがないけど、こんな反応するんだ？
　男が嫌いっていうよりは、免疫がなくてはずかしいから避けてただけなのかも。
　か～わいい！
　トイレから出ると、外で虎ちゃんが待っていた。
「ひっ」
　しまった、あたし……女子トイレから出てきたんだった！
　ツッコまれたらどうしよう。
「おい、嵐。今、トイレから女がひとり出てきたけど？」

「あっ……それは」
「まさか、もう手ぇ出した？」
　はい!?
「ちがう、ちがう、ちが～う!!」
「マジかよ。ヤッてたんじゃねーの？」
「なんでっ、そんなことするわけないだろ～っ!!」
　意味わかんないから！
　しかも、なんでこんなところで!!
　嵐の品性、疑うよっ。
「ふ～ん、そっか。結構かわいい女だったよな」
「あの子だけは、絶対……手ぇ出すなよっ！」
「え、なんで？　めずらしいな。嵐がそういう、独占欲むき出しにすんの」
　虎ちゃんはペロッと舌を出すと、イタズラっぽく笑う。
「虎ちゃんこそ。女なら、なんでもいいって言ってたくせに」
「そうだけどさ～。今日話してたマジメな女、言ってみるなら、あ～いう子がいい」
「絶対にダメ!!　あの子は俺のだから」
「ほぉ～。あっそぉ。そこまで言うなら、絶対落として帰れよ？」
　いや……そう言われても困る。
　だって、あたし女だし。
　それに、弥生ちゃんが男の子……しかも、嵐みたいなヤンキーになつくわけがない。

「今日の合コンは、虎ちゃんの顔を立てるためだけの会だから」
「お前な〜、なにマジメぶってんの？　似合わないから」
　虎ちゃんはあたしを嘲笑うと、肩をドンと強めに押した。
　勢いあまって、あたしの体は壁に打ちつけられる。
「痛っ……」
「相手がマジメだから、自分を偽る？　相手によって態度変えるなんて、嵐らしくねーな。お前はお前だろ。しっかりしろよ」
　虎ちゃんの言葉が、あたしの胸を深くえぐる。
　いつものあたしは……相手によって態度を変えてるかもしれない。
　家では全然普通だけど、大塚さんやイジワルな子たちの前では……顔もあげられないような、臆病者。
　今は嵐になりきってるから、こうやって虎ちゃんとも話せてるけど。
　いつもの自分なら、きっと虎ちゃんとは……話すことはもちろん、目を合わせることすらできないはず。
　あたしはあたし……か。
　そうなんだけど、なかなか実際に行動に移すのは難しい。
「…………」
　黙っていると、虎ちゃんがあたしのお腹に軽くパンチをいれた。
「行くぞ」
　虎ちゃんは、そのまま席へと戻っていった。

……大塚さんを見て、あたしは固まってしまうかもしれない。
　だけど、今は嵐になりきろう。
　そうだよ。
　あたしは今、桃谷嵐なんだから。
　嵐の格好をしているときくらい、強いあたしでいたい。

誰を落として帰ろうか

　一番奥の一角に……あたしの知っている面々がいた。
　胸まであるストレートのロングヘア。校則では髪を染めちゃいけないんだけど、地毛だと言い張っている茶色い髪。
　イジワルそうに少し釣りあがった目をして、当然のようにどまん中に座っているのは……あたしが最も苦手とする女子。
　ウチのクラスの主導権を握っている、大塚さんだった。
　それを囲むように、同じクラスの取り巻きが座っている。
　みんな、あたしの苦手な子たちばかり。
　人のウワサが大好きで、口を開けば男の子の話や家族の自慢。
　もう、聞きあきたってば。
　って言いたくなるほど、よくしゃべる。
　まぁね。あたしに向けてしゃべってるわけじゃないんだけど……。
　横で聞いていても、不愉快になることがある。
　最近のイジメのターゲットは弥生ちゃんで、ずっと冷たい態度を取っていたのに、どうして今日はこの場に誘ったんだろう。
　その弥生ちゃんは、居場所のないような困った顔をして、一番端に座っている。
　あたしは荻高メンバーのところに行き、弥生ちゃんの前

の席に座っている満くんを押しのけて座った。
「おいっ、嵐!! そこ、俺の席だから!!」
「んあ? 俺がどこに座ろーが勝手だろ。満は、あっち!」
　あたしは大塚さんの前の席を指さした。
「は!? なんで俺が一番貧乏クジなんだよ」
　はっ……ハッキリ言いすぎだから!!
　あわてて目だけを大塚さんに向けたけど、幸い気がついていないみたい。
　それというのも……。
　大塚さんは、必死に虎ちゃんに話しかけている。
「久しぶりだね〜! 元気にしてた? 急に合コン開くことにしてごめんね。だけど、ふたりっきりで会うのも……ねぇ? まだ知り合ったばっかりだもんね」
　いつもよりワントーン高い声を出して、満面の笑み。
　……ふ〜ん。
　大塚さんって、虎ちゃんみたいなのがタイプなんだ?
　そっか。
　虎ちゃんがナンパしたって言ってたし、イヤだったら連絡先教えたりしないよね。
　チャラそうだけど、イケメンにはちがいないし……。
　それにしても、大塚さんがヤンキーでもＯＫだったなんて、ちょっとビックリ。
　いつも学校で出てくる男の子の話は、塾で一緒の偏差値の高い子だったり、習いごとが同じの超エリートくんの話だったりしたから。

「そーだな。とりあえず、楽しもうぜ〜」
　虎ちゃん……大塚さんの話、適当に聞きすぎだし！
　このふたりが合うとは、とても思えないんだけど……笑える。
　あたしは必死で笑うのをこらえていた。
　合コンが始まると、だいたい話すグループが決まってくる。
　男5に女5で10人いるし、みんなでしゃべるのは不可能だもんね。
　あたしは端っこで、弥生ちゃんとおとなしくしていた。
　大塚さんはずっと話を振り続け、ガッチリ虎ちゃんを確保している。
　虎ちゃんは、かなり上機嫌。
　自分を気に入ってくれてるのが丸わかりだもんね。
　モテそうな虎ちゃんでも、やっぱりそーいうのって、うれしいのかな。
　女ならなんでもいいって言ってたし、ただの女好き？
　……どうしてかはわからないけど、胸が少しだけ痛くなった。
　結局、満くんはあたしのとなりに座り、こっちのグループで会話を盛りあげてくれた。
　あたしはとりあえず、適当に相槌を打ったり笑ったり。
　まぁ、なんとかこのまま時間が過ぎてくれればと思う。

「お〜し。席替えタ〜イム」
　合コン開始から1時間がたった頃、虎ちゃんがうれしそ

うに、みんなにクジを配りはじめた。
「なに言ってんの？　俺、動かないから」
　断固として動かないつもりでいたら、「じゃあ勝手に座ってろ？」って、肘で頭を小突かれた。
「痛っ！」
「うるせーよ。お前がこの女を気に入ったのはわかったけど、ちょっとぐらい盛りあげろよ」
　虎ちゃんは、あたしの目の前に座っている弥生ちゃんを顎で指す。
　弥生ちゃんは、なんだか申し訳なさそうに、ただうつむくだけだった。
「顎で指すなよ」
「お前があの女に行くなら、俺は誰を落とそうかな〜。おっ！俺、こっちの席だ」
　……へっ!?
　虎ちゃんが、あたしの斜め前の席を指す。
　動かないと言ったものの、席が近いし困った。
　できれば、虎ちゃんからは離れたい。
「やっぱ、移動しようかな……」
「もう遅い。オール、シャッフル！」
　さっきまでは男女向かい合わせに横一列で座ってたんだけど、気がつけば弥生ちゃんはあたしから離れた席に座り、あたしの正面にはクラスの女の子。
　そしてそのとなりに虎ちゃん、あたしの横には大塚さん、という……とっても居心地の悪い席になってしまった。

「俺、やっぱり移動……」
「あたしから逃げる気!? ひど〜い、傷ついちゃう」
　大塚さんがあたしの腕にギュッとしがみついてくる。
　この人、こーいうキャラなの?
　いつもツンツンしてるのに、男の子の前だと全然ちがうんだね。
「勝手に傷ついてろよ〜……俺、あの子としゃべりたい」
　弥生ちゃんを指さすと、大塚さんがギロッと弥生ちゃんをにらんでいるのが目に入ってきた。
　一瞬、顔をあげた弥生ちゃんは、すぐにうつむいてしまう。
　どうしようかな……。
　弥生ちゃんをひとりにするわけにはいかないし。
　とりあえず、しばらく様子を見るか。
　あまりにも弥生ちゃんがつらそうだったら、連れて帰る。
　みんなはさわぐだろうけど、そうしよう。
「嵐くんってモテそう! かわいい系だよね」
　ウフッ!って語尾に聞こえてきそうなぐらいキャピキャピの声で、大塚さんが話しかけてくる。
　あたしは、ムスッとしたまま答えない。
「それ、禁句だから。嵐、そのかわいい顔、コンプレックスなんだよな〜」
　虎ちゃんが言う。
　え、そうなの?
　あたしがほしいものを全部持っていて、やりたい放題だって思っていた嵐にも、そんな感情があったんだ?

アイドルっぽい、かわいい系の顔さえ武器にしているんだと思ってたのに、ちょっとビックリした。
　虎ちゃんがストローをくわえたまま、あたしに向けてブラプラと揺らしている。
　っていうか、それ汚いから。
「虎ちゃん、ジュース飛んできたって」
「ハハ、悪いな。誰か、俺と一緒にジュース飲みたい人〜？」
　虎ちゃんは自分のコップを掲げて、そんなことを言いだした。
　……はぁ？
　もちろん、すぐに食いついたのは、大塚さん。
「は〜い、あたし飲みたい！」
　そしたら虎ちゃんは満面の笑みで、大塚さんのコップに入っているストローを、自分のコップに突っこむ。
　そして一度、口を離したストローを、自分のコップに差した。
　これって……。
　向い合わせで、同じコップのジュースを飲んでいるふたり。
　ふたりとも前のめりで、なんだか飲みにくそう。
　だけど、なんなんだろう。
　妙に甘い……この雰囲気。
　虎ちゃんに、じっと見つめられている大塚さんは大照れ。
　他のメンバーは、やたらと盛りあがっているけど、あたしは……なんだか微妙な気持ちで、ふたりを見ていた。
　そしたら虎ちゃんがストローをくわえたまま、机に肘を

ついて軽く腰をあげた。
　そしてあたしは、信じられない光景を目にした。
「やっ……んんっ……」
　あろうことか、虎ちゃんが大塚さんにキスをしている。
　いつの間にかストローを外し、大塚さんの唇に自分の唇を重ね……。
　みんな、絶句。
　いや……絶句なのは、あたしを含む花華女子のメンバーだけだった。
　荻高メンバーは、ニヤニヤ笑っている。
　幸い、店内にお客さんが少なく、店員さんもちょうど周りにいないこともあって、他の人からの視線は免れたけど……。
　突然、虎ちゃんにキスをされた大塚さんは、最初は面食らってたけど、なんだかウットリした表情に変わってきた。
　調子に乗った虎ちゃんは、テーブルごしに大塚さんの肩を抱きよせる。
　しっ……信じられない!!
「おい、虎。舌入れんなよ!!」
　そこで、満くんがニヤニヤしながら虎ちゃんを指さす。
　下品すぎる……。
　あたしはめまいがしそうになって、思わず席を立った。
　弥生ちゃんのことさえ、すっかり頭から抜けてしまっていた。
　今度はまちがえずに、男子トイレへ……。

だけど、やっぱり入る勇気もなくて、あたしはトイレの前でしゃがんでいた。
　……もぉヤダ、帰りたい。なんなの、アイツら。
　大塚さんも、大塚さんだよ。
　あんな、いかにもチャラそうなヤツとキスしちゃうなんて。
　不意打ちだとしても、避けることはできたはず。
　あれは完全に、受け入れてた。
　しばらくして、奥の席から笑い声が響いた。
　……また、なにか始めたのかな。
　もう、このまま帰ってしまおうか。
　テストを受けるっていう嵐との約束はもう果たしたし、合コンの相手は大塚さんたちだったし、あたしがここにいる理由はもうないよね。
　弥生ちゃんを連れて、帰ろう……。
　そう思って顔をあげようとすると、あたしの前に誰かが立っているのが見えた。
　ハッと見あげると、そこには虎ちゃんが。
　ポケットに手を突っこみ、腰を屈めてあたしの顔をのぞきこんでくる。
「……大丈夫か？　やっぱ、マジで調子悪い？」
　心配そうに、あたしを見つめている。
「大丈夫じゃないよ。なんで、あんなこと……。あの子のこと、好きなの？　きっと、ちがうよね？　どうするんだよ、本気にするよ？」
「……どうした、嵐。今日のお前、やっぱヘン……」

そう言って、虎ちゃんがあたしの体に触れようとしてきたから、あたしはその手を思いっきり振り払った。
「さわんなよっ!!」
　あたしが叫んだことで、虎ちゃんの顔から笑みが消えた。
「はぁ？　お前だって、いつも似たよーなこどやってんだろ？　自分だけイイ子ちゃん、みたいな言い方すんなよ」
　嵐も……？
　最低……あんなことを普通にできるなんて、どうかしてる。
「知るかよっ……とにかく、俺……帰るから」
　あたしは立ちあがって、移動しようとした。
　すると、虎ちゃんにすごい力で壁に押しつけられた。
「嵐……お前、どうした？　大丈夫か？」
「大丈夫じゃないのはお前の方だろ!?　あんなことするなんて……バカにしてる……」
「つか、あの女、喜んでたぜ？　お嬢様って、超簡単……」
　——バシッ!!
　気がつけば、あたしは虎ちゃんの頰をひっぱたいていた。
「いって……」
　虎ちゃんはあたしにたたかれた頰を手の甲で押さえると、すごい形相でにらんできた。
「やる気かよ……お前がその気なら、容赦しねーから」
　勢いよくシャツの襟もとをつかまれ、強い力で引っぱられる。
　……殴られるっ!!
　そう思ったとき、あたしと虎ちゃんの間に、なにかが飛

びこんできた。
　……えっ?
「やめてぇっ……お願いだから、嵐くんを殴らないでっ!!」
　なんと突然、現れたのは、弥生ちゃんだった。
　虎ちゃんは、弥生ちゃんの顔を殴る寸前で手を止めていた。
　……ホッ、よかった。
「なんでっ……なんで来るんだよ。あぶないだろ!?」
　怒りにも似た気持ちで、弥生ちゃんをつい叱りつけてしまう。
　ホントなら感謝しなくちゃいけない場面だけど、臆病な弥生ちゃんがこんなことするなんて、とてもじゃないけど信じられなかった。
　そんな風にさせてしまった虎ちゃんの行動に、一番腹が立つ。
「だって……乙葉ちゃんのお兄ちゃんなのに、嵐くんが殴られるのを黙って見てられないよ……。それに……」
　弥生ちゃんが大きな目を潤ませて、あたしをじっと見あげる。
　それに……?
　あたしは次の言葉を待つように、黙って弥生ちゃんを見つめていた。
「……おいおい、勘弁してくれよ。そこ、なに見つめ合ってんの?」
　虎ちゃんのあきれた声に、ハッとした。
「そんなんじゃねーし」

あわてて訂正したら、やたらと虎ちゃんがニヤニヤしていることに気がついた。
「嵐ぃ〜……お前、俺にウソついてたな」
「へっ？」
　さっきの剣幕はどこへいったの？っていうぐらい、虎ちゃんはなんだかうれしそう。
「お前、ひとりっ子って言ってなかった？　妹がいるなんて、聞いてねーんだけど」
「は!?　あぁ、そうだっけ!?」
　面倒くさいから、そう言ってたのかな。
　あたしだって、双子だって言うと友達が『会ってみた〜い！』ってさわぐから、必要以上にしゃべらないようにしてきた。
　嵐も……同じだったってこと？
「しかも……もしかして、花華女子？」
　虎ちゃんはあたしじゃなく、弥生ちゃんに視線を向けて聞いている。
　弥生ちゃんは虎ちゃんにビビッているのか、固まったまま、ぎこちない動きで首を縦に振った。
「へ〜え。おもしろい……」
　虎ちゃんは満足そうに笑うと、あたしの胸ぐらをつかんでいた手をそっと離した。
　え、なにがおもしろいの？
「虎……ちゃん？」
「さっき俺に刃向かったこと、許してやる。その代わり、

お前の妹 紹介しろよ」
　え。
「えええええええぇ————っ!!」
「そんな驚くか？　嵐の妹だったら、絶対美人だろ？　会ってみてぇ」
「いやっ、いやいやいや……絶対に、ムリッ!!」
「は？　お前、俺に逆らえると思ってんの？」
　虎ちゃんは一気に不機嫌になり、あたしの胸を軽く小突く。
　胸をさわられ、バレるかとドキッとしたけど、虎ちゃんは気づいた風でもないし、大丈夫みたい。
　ホッ……。
「いっ……妹は、人見知りでっ……それに、全然かわいくないから。超ブス！　もう、それはホントに、かわいそうなぐらいで……」
　あたしは必死にいろんな言葉を並べてみる。
　だけど、虎ちゃんの耳には全然、届いていないみたいで。
「今からお前んち行くぞ」
「……はいいっ!?」
　なんでそうなるの!?
「妹、なんて名前だっけ？」
　虎ちゃんは弥生ちゃんに質問してる。
「乙葉ちゃん……」
「名前も、超かわいーじゃん。名前負けしてんの？」
「ううんっ、乙葉ちゃんはかわいいよ！　女の子らしくて、お上品で、優しくて……う——っ」

もう、それ以上しゃべらないで？
　あたしは必死になって弥生ちゃんの口を手で覆った。
　だけど時、すでに遅し。
　虎ちゃんは勝ち誇ったような顔をして、指を鳴らした。
「決めた。乙葉を、俺の女にする」
　あぁ……あたしの人生、終わった。
　このまま家にいる嵐と遭遇して、入れ替わってたことがバレて……。
　このあと、どうなるのか、想像もつかない。
　絶望感に襲われたあたしは、もうなにも考えることができないでいた。

第2章
ヒマワリみたいな
キミが好き

悪夢の始まり

　あぁ……。
　悪夢だ。
　合コンの帰り道、あたしはなぜだか虎ちゃんを連れて帰るハメに。
　人質だとか言って、虎ちゃんは弥生ちゃんのバッグをしっかり持っている。
　ってことで、必然的に弥生ちゃんも家に来ることになった。
　あのあと、しばらくして合コンはお開きに。
　虎ちゃんとあたしとのやりとりを知らない大塚さんは、すっかり虎ちゃんに夢中らしかった。
　特定の彼女を作らないと豪語していた虎ちゃんは、大塚さんの熱い眼差しを完全にスルー。
　そんな虎ちゃんに対して大塚さんは、『好きな女に冷たい人の方がタイプ』なんて、強がりを言っていた。
　虎ちゃんが、大塚さんを好きだって、完全にカンちがいしている。
　虎ちゃんはあのあと大塚さんに、『キスはノリでやっただけ。ごめんな』ってちゃんと謝っていたんだけど、妙に前向きな大塚さんは全然、信じていないみたいだった。
　あたしの心配していたとおりになってしまった……。
「楽しみだな。嵐の妹に会うの」
　虎ちゃんは、めちゃくちゃうれしそう。

「ホント、会ったらビックリするよ」
「美人すぎて？」
「いや……いろんな意味で」
　本来のあたしを見て、きっと虎ちゃんは引くと思う。
　こんなんが嵐の妹かよ———!!って。
「そんなに引き出しある女？　ワクワクしてくんな」
　いや、そーいう意味じゃない。
　でもまぁ、会えばわかること。
　さっきは頭がまっ白になったけど、少しずつ冷静になってきた。
　入れ替わってたことがバレなければ、いいよね。それなら弥生ちゃんも引かないだろうし……。
　そうだ。家に帰る前に、嵐に連絡しておこう。
　病院からはもう戻ってるだろうし、家にいるならあたしの格好はしていないはず。
　家に着いたら、どこかで入れ替わらなきゃ。
「大塚さんと、また連絡取り合うの？」
「大塚って誰？」
　真顔で聞いてくるから、ビックリする。
「虎ちゃんがキスした女だよ……」
「あ、言っとくけど、舌入れてねーから」
「そんなことは、聞いてない———っ!!」
「ハハッ。もう連絡先消した。俺、マジになられると引くから」
「はぁ!?　それなのにキスしたの？」

「だってさ～、あの女、俺にキスしてほしそうだったし。願いが叶ってラッキーってとこじゃねぇの?」
　あきれた……。
　まともに会話できないんだけど。
　ホント頭痛くなってくる……。
「大塚さんが、かわいそう……」
　今までずっと黙っていた弥生ちゃんが、ボソッとつぶやいた。
「あぁ!?」
　虎ちゃんが弥生ちゃんをにらむ。
「コラコラ!　にらむなって。そうだよな、大塚さんだって、女の子だし……キスって、やっぱ特別なモノだと思うし……」
　あたしが弥生ちゃんのフォローをすると、虎ちゃんは顔をしかめた。
「特別って、なに?」
「キスするなら、彼氏としたいし……合コンのノリで、その場限りでされちゃうなんて、絶対にイヤだよ」
「……ブッ!」
　虎ちゃんが噴きだした。
「……え?」
「彼氏としたいって、嵐……なに言ってんの?」
　しまった!
　あたし、今は男なんだった!!
「お、大塚さんの気持ちを代弁しただけだよ。キスしてく

るぐらいだから、虎ちゃんが自分に好意を寄せてるって思ったはずだってこと」
「なんだよー。なら、あの女としばらく付き合えってか？」
「そうじゃないけど……」
「もう、やめて……」
　争いごとが苦手な弥生ちゃんが、つらそうな顔で止めに入ってきた。
「そ……だな。虎ちゃんは、二度と合コンであんなことしないよーに。わかった？」
「……んだよ。今日の嵐は説教くせぇなー。タイプの女がそばにいると、こーもちがうんだ？」
　虎ちゃんの言葉に、弥生ちゃんはまっ赤になってる。
　あ〜あ、ここにも真に受ける子がいたみたい。
「虎ちゃん、ちがうから……弥生ちゃんとは、今日は守ってあげるって約束したからだよ。べつに深い意味はなくて……」
「あっそぉ。ま、いっか。とにかく、乙葉を紹介してくれればそれでいいから」
　うっ、それは……。
　家に着く途中の公園で、トイレに行くフリをしたあたしは、嵐に電話をかけた。
『嵐!!　もう家に帰ってる？』
『おー。もぉ、聞いてくれよ〜。今日散々だっつの。遅刻しそーになって……』
『門から落ちたんだよね!!　大丈夫だった？』

『お……おー。なんで知ってんの?』
『弥生ちゃんから聞いたの。それより、今から戻るから、隠れて待ってて!?』
『は? 隠れるってなんだよ』
『虎ちゃんが、今からそっちに行くからっ』
『……へっ?』
　あたしは嵐に、今日の経緯を手短に話した。
『ま……マジか』
『だからっ、あたしとすぐに入れ替わって!　お願いねっ!!』
『おー、わかった。じゃあ、あとでな』
　電話を切り、あたしは弥生ちゃんたちのもとに戻った。
　すると、なんだかふたりが意気投合(いきとうごう)している。
「えーっ、ホントに?」
「おう!　家にいっぱいあるぜ」
「わー、いいなぁー」
　……なんの話?
「どうしたの?」
「ん、弥生がな、小説読むの好きなんだって」
　虎ちゃんが弥生ちゃんを指さしながら言う。
　そうだね、弥生ちゃんは読書が趣味(しゅみ)だもんね。
「でね、虎ちゃんちに、あたしが今ハマってるミステリーサークルシリーズが全部あるみたいで。あと、同じ作者の文庫が他にもあるんだって」
　今度は弥生ちゃんが、グーにした手を胸の前でかまえながら、興奮(こうふん)ぎみに話す。

そういえば、そんな話を読んでるって言ってたっけ。
「虎ちゃん、本なんか読むの？」
　なんとなくそう言ったら、鼻で笑われた。
「俺から本を取ったら、なにが残る？」
　いや、あたしが鼻で笑い返したいぐらい。
「似合わないんですけど……弥生ちゃんの前だからって、カッコつけなくても」
「俺がいつも、通学中とか休み時間に本読んでるの、知ってんだろ？　嵐こそ、弥生の前だからって、わざと俺を落とすようなこと言うなよー」
　そ……そうなんだ。
　ヤンキーの虎ちゃんが、ホントに本を読むの!?
　想像できない……。
「本読むと、世界広がるし。俺はまだまだ世の中を知らないな〜って思う。小説の主人公みたいに、いろんなこと経験したいって思うしな」
「あっ、あたしもそうなの！　ファンタジーなんて、現実ではムリなことを簡単にやっちゃうもんね」
「新しく出たヤツ読んだ？」
「ううん、まだなの。読みたいけど、他にもまだ読みたい本がいっぱいあって」
「貸してやろっか？」
「えーっ、ホントに!?　でもっ……」
　そこで弥生ちゃんは躊躇している。
　だって、借りるとなると……また虎ちゃんに会うことに

なるもんね。
　そうだよ、弥生ちゃん。
　ここは、バシッと断らなくちゃ。
「……お願いしても……いいかな」
　……えっ。
「全然いーぜ。今度持っていくな」
　虎ちゃん、どこに持っていくつもり？
　ウチの学校まで届けにくる？
　それとも、弥生ちゃんの家まで行っちゃう？
　まさか、いつの間にか、ふたりでデートの約束をしてたとか!?
　一瞬のうちに、いろんなことを考えていると。
「あたしっ……今度、荻高に取りにいってもいい？」
「やっ、弥生ちゃん!?　キケンすぎるよ。今日のメンバーが勢ぞろいだよ!?　ううん、もっとひどいのがいるかも……」
　あたしはすかさず、弥生ちゃんを止めた。
　だけど、虎ちゃんがあたしの横でヘラッと笑う。
「心配すんな。俺のダチだって言えば、みんなビビッて近づかないから」
「そーなの？　虎ちゃんって……すごいんだね」
　心なしか、弥生ちゃんの頬が、ほのかに染まっているよーな。
「やっ……弥生ちゃん、だまされちゃダメだって。虎ちゃんは、大塚さんに簡単にキスしちゃうよーなヤツだよ!?　本なら俺が買ってあげるから」

そこまで言ったら、虎ちゃんに胸ぐらをつかまれた。
「お前なー、セコいんだよ。弥生は俺から借りたいって言ってんの、わかった？」
「いや、だって……弥生ちゃんと仲よくする必要なんか、ねーじゃん」
　単に、弥生ちゃんから虎ちゃんを遠ざけたい気持ちでそう言ったものの、虎ちゃんがどう思ってるのか気になる。
　女なら誰でもＯＫって言いながら、やたら弥生ちゃんには肩入れしてるよね。
　趣味も同じだし、もしかして弥生ちゃんのことを本気で気に入ったとか……。
　自分でもどうしてかわからないけど、なんとなくおもしろくない。
「んあ!?　なんでだよ」
「乙葉も、弥生ちゃんもって……あっちもこっちも手ぇ出すなよ」
「はぁ？　まだ手ぇ出してねーけど。ならもう、弥生でもいーわ。この際」
「なんだよ、その言い方。弥生ちゃんに失礼だろ!?」
　やり返すように、あたしも虎ちゃんの胸ぐらをつかみかえした。
「やっ……やめてっ……ふたりとも、やめてよ!!」
　またしても弥生ちゃんに止められて、仕方なく離れる。
「嵐、フザけんな。俺が誰と付き合おーと、お前には関係ねーだろ」

「あ……あるっ!! 俺は……俺はっ……弥生ちゃんが好きだっ!!」
　弥生ちゃんを守るために、思わずそう叫んでしまった……。
　あたしを見て、まっ赤になって固まっている弥生ちゃん。
　虎ちゃんは、ダルそうにあたしを見つめている。
「ほ～、そういうこと。嵐、やっぱマジだったんだな」
「いっ……いや、そうかもしれないってこと。だから、虎ちゃんは手を引いてっていう意味で……」
「おーし、わかったぞ。明日の土曜、学校も休みだしダブルデートしようぜ」
「ダブル……って、誰と誰がっ!?」
「お前と弥生、俺と乙葉」
　虎ちゃんは新しい楽しみを見つけたかのように、めちゃくちゃうれしそうに歯を見せて笑っている。
「ちょっと、なんでだよ!!　ムリムリムリ!!　乙葉はそーいうの、絶対にムリなんだよ」
「なんでだよー」
「男が苦手だし、もちろん付き合ったこともないし、それに……」
「お前の極度のシスコンの方が問題だな。もう高校生だろ？　自由にさせてやれよ」
「そーいうんじゃなくって……」
　どうしよう、あたし。
　墓穴掘った!!!!
「そうだよっ、弥生ちゃんだって迷惑だろうし。なぁっ!?」

弥生ちゃんに同意を求めると、手を胸の前で組み、目を潤ませてなんだか感動している。
　……えっ？
「嵐くんさえよければ、あたし……いいかなって」
　弥生ちゃん、どうしちゃったの!?
「男が苦手なんだよな？　ムリだろ？　なっ？」
「そうなんだけど……嵐くん、すごく優しいし、虎ちゃんもおもしろいし……ふたりなら大丈夫かも」
「ええっ!?」
「ほらっ、乙葉ちゃん……あんなにかわいいのに、彼氏いないし。きっと受け身なタイプだから、グイグイ引っぱってくれそうな虎ちゃんとは、意外とお似合いかも」
　てっ……適当なこと言うなぁ〜〜〜〜っ！
　って思わず言いそうになったけど、そこは弥生ちゃん相手だからガマン。
「そんなことないって。乙葉は、もっと知的なタイプが好きだから……虎ちゃんは、イメージからかけ離れてる……」
「それでも、お友達にはいいよね。乙葉ちゃん、おとなしいし……あんまり笑わないから、虎ちゃんといたらよく笑うようになるかも」
　なにげなく言った言葉なんだろうけど、ちょっとズキッとした。
　あたし、学校ではいつも下を向いているけど、弥生ちゃんの前では、いっぱい笑ってるつもりだった。
　だけど、そう思われてなかったってこと？

「……あれ。どした？　嵐、暗い」
　虎ちゃんがあたしの顔をのぞきこんでくる。
　嵐になりきってるつもりだったけど、一瞬のうちに、いつもの乙葉に戻ってしまっていたみたい。
「や……べつに。とにかく、乙葉は……ムリだと思う。あとで本人に聞いてみるよ。絶対にイヤだって言うから……」
　あぁ、ダメだ。なんか急に落ちこんできた。
　見た目は嵐になっていても、中身はやっぱり乙葉のままだ。
　あたしが嵐になりきるなんて、到底ムリな話だったんだよね……。
　そのあと一気に口数が少なくなったあたしを気遣うように、虎ちゃんと弥生ちゃんもあまり話さなくなった。
　……なんてことは、あるわけなくて。
　虎ちゃんはそのあともずっと、ベラベラとくだらないことをしゃべり続けていた。
　ったく、このおしゃべり男が〜〜〜っ！
　おしゃべりな男なんて、絶対にイヤ！
　こんなヤツとダブルデートなんて、ありえないから。
　さっさと嵐と交代して、キッパリ言ってやろう。
「誰がアンタみたいなエロヤンキーと、ダブルデートなんてするもんか〜〜〜！」って。
　虎ちゃんとデートなんてしたら、なにされるか、わかったもんじゃない。
　キケンすぎるよ！

ロックオン！

　やっとのことで、自宅に到着。
　はぁ～……やっと解放されるよ。
　あたしは胸をなでおろしながら、ふたりを家の中へと招きいれた。
「おじゃましまーす」
「ちょっとそこで待ってて」
　玄関にはあたしの通学用の靴だけ。
　お母さんも出かけているみたいで、１階には人の気配がない。
　ふたりを玄関に残し、急いで２階の嵐の部屋へと急ぐ。
　早く……入れ替わらなくちゃ。
　――ドンドン！
　強めに嵐の部屋のドアをたたく。
　だけど、返事はない。
　もうっ、こんなときになにしてるの!?
　あたしはガマンできず、ドアノブをつかんで扉を開けた。
　……あれっ!?
　部屋の中は空っぽで、誰もいない。
　トイレだったんだ!?
　下で鉢合わせしたらどうしようっ!!
　ヤバいよ、ヤバすぎるって!!
　嵐も、どうしてこのタイミングでトイレなのよーっ。

焦って1階におりようとしたら、階段の途中で思いっきり足をすべらせてしまった。

　すると、下から弥生ちゃんの声が聞こえてきた。
「乙葉ちゃんっ、大丈夫？」

　いったぁーい……。

　見事に尻もちをついてしまい、痛みですぐには立ちあがれない。

　あれっ？

　どうしてあたしがコケたってわかったの？

　弥生ちゃんのいる玄関からは、あたしの姿は見えないはず……。

　って、今、『乙葉ちゃん』って言わなかった？

　パニクっていると、続けて虎ちゃんの声が聞こえてきた。
「初めまして!!　小田虎之助です」

　……へっ？

　ちょっと待って。

　アンタ、誰にあいさつしてんの？

　しかも、虎ちゃんって……虎之助っていうんだ？

　ファンキーな見かけによらず、えらく古風な名前だよね……って、今そんなことはどうでもいい！

　痛むお尻を押さえつつ、大あわてで廊下をのぞいてみた。
「あっ、弥生ちゃん！　今朝は驚かせてごめんね〜。病院にも行ったし、もう大丈夫だよ。それと、虎之助くん？初めましてぇ〜。えっと……」

　……え。

あれ、誰？
　上からのぞくと、下には虎ちゃんと弥生ちゃん以外に、もうひとり女の子が立っている。
　今朝、病院に行ったっていうことは……。
　あーっ、嵐!!
　嵐はなぜか、まだあたしの格好をしていた。
　しかーもっ!!
　いつものあたしと、全然ちが〜〜〜うっ!!
　急いで１階へおりて、玄関まで行くと、小首を傾げてニッコリと笑うあたし……ううん……嵐がいた。
　長い髪はそのまま垂らして、メガネ姿ではあるけど、前髪を真上にあげてキラキラのピンで留めている。
　そして、いつも家ではスウェット姿のあたしとは真逆の、キャミソールにショーパン。
　足の毛でバレちゃうじゃん!!と思いきや、黒のレギンスでうまく隠している。もともと腕の毛はない方だから、そこもセーフ。
　あたしより細いんじゃ？っていう脚線美を堂々と見せつけ、ふたりの前に立っていた。
　そして、あたしを見てクスッと笑う。
「嵐ぃ〜、おかえり！　遅かったね」
　や……やめてよ、それ。
　キモすぎる。
　引きつるあたしの前で、嵐は体をクネクネとくねらせる。
「誰？　この人。すっごいヤンキー連れてきたんだね」

そう言って、虎ちゃんを指さし笑っている。
「おい、嵐っ。ちょっと来い」
「えぇぇっ!?」
　あたしは虎ちゃんに廊下の端まで引っぱられる。
「テメー……なんで隠してた？　お前の妹、かわいすぎるだろ!!」
「あー……いや。あれは仮の姿で……」
　もう、嵐がなにを考えているのか、あたしには理解不能。
「俺が手ぇ出さないよーに隠してたんだ?」
「いや、そーいうわけじゃないと思うけど」
「思う？　なんで他人事(ひとごと)なんだよ」
「あぁっ……えーと。だから、人見知りだって言ってんじゃん。アイツは……えーっ!!」
　ふと嵐の方を見ると、弥生ちゃんとハグしていた。
「弥生ちゃ〜ん、あたしの心配してくれてありがとう!!　うれしいっ」
「まさか、乙葉ちゃんが門をよじ登るなんて……よっぽど学校に来たかったんだね」
「うん、そーなの。あたし、学校大好きだから」
　ちょっと、ちょっと嵐くん!!
　どさくさに紛(まぎ)れて弥生ちゃんに抱きつくの、やめてくれる？
　あたしは嵐のところへ走っていき、その体をつかんで引きずるように引っぱった。
「弥生ちゃんに、さわるなよ……」

「ヤダ〜、怒らないで？　いいじゃん、サマになってるぜ」
　嵐はあたしだけにわかるように、こっそりささやくとニンマリ笑った。
「サマ……って、こうしなきゃやってらんなかった」
「満から、今日の合コン、ハズレだったな〜っていうメールが来たぞ？　お前、合コンに行ったんだ？」
「虎ちゃんにムリヤリ連れていかれて……だいたい、アンタなんなの!?　初対面の子にいきなりキスとかするんだ!?　不潔っ、ヘンタイッ!!」
「うっせーよ。ヒマつぶしだろ」
「はぁっ!?」
　思わず嵐の肩をつかむと、うしろから誰かに引っぱられた。
「嵐——！　乙葉から手を離してもらおーか」
　ひぃっ!!
　そして、あたしの体は床へと投げだされる。
　痛いっ！
　見れば、それは虎ちゃんの仕業で、あたしを投げたあと嵐に近寄っている。
「もう大丈夫だから。嵐に、いつもあんな風にイジメられてんだ？」
「そうでもないよ。あたしも結構ケンカ強いんだから」
　嵐がフフッと笑っている。
　あたしだ……だけど、あたしじゃない。
　顔がそっくりなだけに、見ていて不思議な気分。
「マジで？　それなら、俺と一戦交える？」

虎ちゃんが嵐の肩に腕をのせている。
「え〜、なんかエッチな意味に聞こえるんだけど。クスクス」
　は……はぁ!?
　なんの話?
　虎ちゃんと嵐はなんだか妙な雰囲気を作って、笑い合っている。
　き……キモすぎる。
　あんなあたしもキモいし、あれを嵐がやってると思うと……ホントに怖い。
　アイツ、実は女装願望があったんじゃないの!?
　どちらかというと女顔だし、全体的に細いし、腕だってそんなに筋肉ついてないしね……。
「あ〜、お前マジでかわいいな。なぁ、俺の女になる?」
　虎ちゃんが嵐にそんなことを言う。
「え〜、どうしようかなぁ〜」
　小首を傾げ、軽く腕組みする嵐は、まんざらでもなさそう。
　って、アンタら男同士で、なにやってんの!?
「ダメ——ッ!!　乙葉、ちゃんと断れよ。お前のタイプはそんなんじゃないだろ?　マジメな男が好きだったろ?」
　必死で声をかけるけど、嵐は人さし指を顎にあて、目線をあげてとぼけている。
　なっ……なに、そのポーズ!
　あたしもそうだけど、女の子はそんな、わざとらしい仕草しないからっ!

そういうのって、まさにオネエだよ、オネエ!!
「マジメも好きだけど、虎ちゃんみたく男らしい人も……たまにはいーよね」
「たまにはって、お前、付き合ったことないだろ!?」
　自ら暴露してしまう。
　あたしの交友関係に興味のない嵐は、あたしに今まで彼氏がいたかどうかも知らなかったと思う。
　だけど、当然のように返してきた。
「そうだよ〜。ないけど、虎ちゃんと付き合ったらすごく楽しそう。ケンカも強そうだし、頼りになるよね、きっと」
「お前、見る目あるじゃん。俺といたら、超楽しーよ？」
　虎ちゃん、すっかりその気。
　あぁ……バレたときどーすんだろ。
　嵐、きっと虎ちゃんにボコボコにされちゃうよ!?
「ん〜、でも、やっぱりやめた。あたし、友達といるときが一番楽しいから」
　……ホッ。
　嵐がこのまま虎ちゃんと付き合うなんて言ったら、どうしようかと思った。
　よかった、よかった。
「は？　なに言ってんの。絶対、俺の女にするから」
　いや、虎ちゃんこそ、なに言ってんの？
　あたしは絶対に、虎ちゃんの女にはならないから。
　興味本位で近づかれても、チャラいし、ポイ捨てされるのは目に見えてる。

それにヤンキーと付き合うなんて……ありえないよ。
　心の中で返してみるものの、伝わるわけがない。
「キャ〜、はずかしいよぉ！　あたし、そんなこと言われたことないの。虎ちゃんモテそうだし、いっぱい付き合ったことあるんだよね？」
　相変わらず、嵐は女口調が上手だ。
　いつもより声のトーンがあがっている。
　壊れたあたしを見て、そろそろ弥生ちゃんが怪しいと思い始めてるかもと思いきや、なんだかニコニコ笑っている。
「乙葉ちゃん、いつもとちがって明るいね。虎ちゃんって、人の魅力を引き出すのがうまいんだねっ」
　なんて、うれしそうに嵐の姿のあたしに言ってくる。
　全然そんなんじゃないんだけど！
　そうは思うものの、バレなかったことにホッとした。
　そして虎ちゃんと嵐のやりとりは、まだまだ終わる気配がない。
「付き合ったことな〜、あんまないぜ？」
　ウソ、そーなの？
　たくさんの女をはべらせてるイメージなんだけど。
「その場限りとかも多いし？」
　いや、もっと最悪だから。
　大丈夫？　この男……。
「あたし、経験ないし……そーいうの困っちゃう」
　「困っちゃう」とか言いながら、嵐は笑っている。
　そしたら虎ちゃんが、嵐の肩をそっと抱いた。

「大丈夫。俺が教えてやるから……なんなら、今からする？」
　……はいっ!?
「ヤダ〜、虎ちゃんのエッチ！」
　嵐はケラケラと笑いながら、虎ちゃんの胸にしなだれかかっている。
　いやいや、そーいう態度は誤解を招く！
　あたしはすぐに、虎ちゃんから嵐を引きはがした。
「乙葉!!　そーいう冗談やめろって。怒るぞ!!」
　もう虎ちゃんに言ってもしょうがないから、嵐に言ってみるけど全然、効果なし。
「あっ、お兄ちゃん。もしかして……妬いてる？」
「はぁぁ!?　ったく……いいかげんにしないと、秘密バラすから……」
　あたしは嵐を思いっきりにらみ、脅してみる。
　そしたら、廊下の端まで引っぱっていかれ、嵐はドスのきいた声で逆にあたしを脅してきた。
「おい、乙葉。そんなことしたら、虎にムリヤリ襲わせんぞ？　わかってんだろーな」
　なっ……なんて兄貴!!
　虎ちゃんにあたしを紹介しなかったのは、虎ちゃんからあたしを守るため？って少し思ったけど、どうもそうじゃないみたい。
　だよね。
　嵐って、全然シスコンなんかじゃないもん。
　おもしろがって、ただ会話のやりとりを楽しんでいるだ

けなんだろうけど、やりすぎだよ。
　こんな風に虎ちゃんをだまして、バレたときが怖くないのかな。
　嵐とコソコソやっていると、いきなりうしろからどつかれた。
「痛っ!!」
　顔をしかめると、ちょうど目が合った弥生ちゃんもあたしに同情したのか、目をギュッとつぶった。
「おい、嵐。お前の部屋、使わせろ」
　あたしをどついたのは当然、虎ちゃん。
「はぁ!?」
「今から、乙葉とイチャイチャしてくるから」
　虎ちゃんは嵐を強引に自分の方へと引き寄せる。
　ヤダ……もぉ、あたし止められない。
　絶句していたら、今度は嵐が焦る番だった。
　虎ちゃんは嵐をお姫様抱っこして、階段を駆けあがっていく。
「わぁっ!!　待てっ、ちょっとそれだけはっ!!」
　嵐の地声が聞こえてくるけど、助けてあげる気にもならないよ。
　ザマーミロ!!
　あたしを陥れようとした罰なんだから。
　そのままリビングに行こうとしたら、うしろから制服を弥生ちゃんにつかまれた。
「乙葉ちゃんは!?　助けてあげないの？」

「いやー、だって。自業自得っつーか」
　今、部屋で起こっているであろう出来事を想像しただけで、笑いが止まらない。
　思わず口の端をあげると、突然、頬に痛みが走った。
　弥生ちゃんに頬を打たれたんだ。
　正直、かなり驚いた。
　男の子が苦手で、ましてやヤンキーなんて怖くて目も合わせられない弥生ちゃんが、まさかこんなことをするなんて。
　あたしがなにか言おうとする前に、弥生ちゃんの泣き顔が目に入ってきた。
「ひどい……乙葉ちゃんが……乙葉ちゃんが、かわいそうだよ!!　どうして知らん顔するの!?　しかも、こんなときに笑うなんて、最低だよ!!」
「いや……だって、あれは……」
　乙葉じゃないし……って言おうとして、口をつぐんだ。
　入れ替わってたことがバレたら、黙って合コンに参加したこととか、今日のやりとりすべてが最悪すぎて、嫌われるのが目に見えてる。
　絶対に、言えないよ……。
　バレるにしても、バレたあとに嵐が虎ちゃんにひどい目に遭わされることは確実だ。
　まさか男を口説いてたなんてわかったら、喜怒哀楽の激しい虎ちゃんは、きっと逆上するはず。
　だけど、嵐の自業自得だよね。
　……あたしって、いつもそうかもしれない。

弥生ちゃんが大塚さんにイジメられているのがわかっていても、あたしじゃないから……って、見て見ぬフリをしていた。
　もしあたしが当事者だったら、誰かになんとかしてほしいって絶対に思うはずなのに。
「嵐くん……言い訳するぐらいなら、今すぐ乙葉ちゃんを助けにいって？」
　涙目で懇願され、あたしは動くしかなかった。
「行ってくる……」
　あたしはすぐに階段をのぼり、2階の嵐の部屋へと向かう。
　いつもガマンすることの多い弥生ちゃんが、感情をぶつけてきたことが意外だった。
　人をたたくなんて、はじめてだったかもしれない。
　それほど、あたしは弥生ちゃんに大切にされていたのに、いつものあたしは、弥生ちゃんになにもしてあげられなかった。
　……反省。
　嵐はムカつくけど、弥生ちゃんに免じて助けてあげよう。
　よしっ！
　嵐の部屋の前に立ち、思いっきりドアを蹴る。
「やめろっ!!　乙葉から手を離せ!!」
　ドアを開けたあたしは……その光景から目をそむけたくなった。
　ベッドに押し倒された嵐は、虎ちゃんと取っ組み合っている。

第2章　ヒマワリみたいなキミが好き

「やーめーろーっ!!　俺だっ、嵐だって────っ!!」
　嵐はそう暴露してるけど、虎ちゃんは全然信じてないみたい。
「はぁ、なに言ってんの？　往生際悪いから。こんないい体してんのに、男なわけないじゃん」
　虎ちゃんはあたしの胸に手をあてて……って、あたしじゃないっ！
　嵐が作ったであろう、偽の胸のふくらみをつかんでいる。
　あぁ……なんてこと。
　もみくちゃにされ、嵐は虎ちゃんにうしろから押さえこまれている。
　なんだか、自分が襲われているみたいな錯覚を覚える。
　ううっ……イヤだ！
「ギブギブ!!　もう、やめてくれっ、虎ちゃん〜俺が悪かった!!」
「プロレスじゃね〜っつの！　しかも、試合はこれからだぜ〜」
　嵐はベッドにうつ伏せになり、上から虎ちゃんに乗っかられている。
　手はうしろ手に組まれ、押さえつけられて……もう、身動きが取れない状態。
　かわいそうに……。
　普段のあたしなら放っておくけど、ここは弥生ちゃんのため。
　あたしは嵐を助けてあげることにした。

嵐の部屋の隅っこに置いてある、あるものを手に取る。
　……まさか、あたしがこんなものを手にするなんて。
　それは、今朝、虎ちゃんが持っていたのと同じ金属バット。
　嵐はケンカのときに、護身用にと、これを持っていくことがある。
　普段は素手でやるけど、持ってるだけでハクがつくらしい。
　あたしは、いよいよピンチになった嵐と虎ちゃんのうしろに立った。
　ピタリと、虎ちゃんの背中にバットを静かにあてる。
　気配に気づいた虎ちゃんが、ハッとあたしの方を振り返る。
　あたしを見て、ビビるかと思いきや……不敵な笑みを浮かべた。
「おい……嵐。テメー今、俺になにしてるかわかってるか？」
「わっ……かってるよ」
　恐怖で足がふるえる。
　こんなことしたって、あたしのはハッタリに過ぎない。
　虎ちゃんを本気にさせてしまったら、あたしなんてひとたまりもない。
　……そんなこと、百も承知。
　だけど、あたしの姿をした嵐から虎ちゃんの気をそらすためには、これぐらいしか浮かばなかった。
　虎ちゃんの声で、なにかを察知した嵐も、苦しい体勢の中、体をよじってあたしの方に顔を向ける。
　そして、あたしがしていることを見て、一気に顔色を変えた。

「お前っ……やめろ」
　あたしは嵐の言葉には動じず、虎ちゃんをじっと見据える。
「乙葉は……虎ちゃんが思ってるような子じゃないから」
「…………」
　虎ちゃんはすぐに反撃してくるでもなく、あたしを見つめたまま軽く舌打ちをした。
　あたしと虎ちゃんとの間に、バチバチと火花が散っているような気すらしてくる。
　目をそらしたら、負けだ。
　怖いけど、絶対にそらせない。
　感情的になりそうだったから、ひと呼吸置いて……あたしはゆっくりと話しはじめた。
「コイツは、男と付き合ったことはもちろん……しゃべったことすら、ここ数年、ほとんどないんだ。人の気持ちを無視して、ムリ強いするような虎ちゃんみたいな男が、一番似合わないんだよ」
　力だと絶対に勝てないから、なんとか理解してほしい一心で、真剣に伝えたつもり。
　あたしが言い終わると同時に、虎ちゃんは嵐をつかんでいた手を離し、ベッドからおりてきた。
　もしかして、あたしの話が通じた!?
　そう思ったのも束の間。
　虎ちゃんは、あたしが握るバットの先を握ってきた。
「嵐は……いつから俺にそんな口がたたけるよーになったんだ？　あぁ？」

そして、勢いよくバットを自分の方へと引き寄せる。
　力の差は歴然で、あたしの体はいとも簡単に、虎ちゃんの方へと投げだされた。
「きっ……きゃああっ!!」
　とっさのことで、あたしは完全に嵐になっていることを忘れてしまった……。
　悲鳴をあげ床に転がるあたしを、虎ちゃんが冷たい目で見ている。
　仰向(あおむ)けになったあたしの頭上で、冷たく笑う虎ちゃん。
　奪ったバットを担ぎ、あたしの脇腹を軽く足の裏で押さえつけてきた。
「前から思ってたけどな……テメー、女みたいにフニャフニャしてんじゃねーよ」
　こっ……怖すぎる。
　あたし、ボコボコにされちゃうんじゃ……!!
　もはや、恐怖で微動(びどう)だにできない。
　ビビりすぎて、あたしの顔は引きつっているかもしれない。
　ベッドの上に転がったままの嵐はというと、虎ちゃんを止めるでもなく、さっきの体勢のままじっとしている。
　虎ちゃんとのやりとりで、力を使い果たして放心状態なのか、うつぶせのまま。
　嵐っ、助けてくれないの!?
　あたしは嵐を助けたよね!?
　心の中で叫んでみるけど、今ここで助けを求めたら……
虎ちゃんに、嵐が蔑(さげす)まれるのはわかりきっている。

ヤンキーとしての立場もあるだろうし、女として襲われかけたなんて、それこそ恥以外のなにものでもない。
　女装してたなんてわかったら、これから学校にも行けなくなるかも……そんなことになったら、大変だよね。
　さすがに、それはかわいそう。
　あたしはもう、開き直るしかなかった。
「うーっ……好きにしろよ！」
　その場で大の字になり、目を閉じた。
　やるなら、やりやがれ〜〜っ!!
「お前が乙葉を思う気持ちは、よーくわかった……」
　えっ、ホントに!?
　わかってくれたの？
　まさか、こんなに素直に聞いてくれるなんて思わなかった。
　あたしがパチッと目を開けると、至近距離に虎ちゃんの顔があった。
「ひゃあっ!!」
　いつの間に、こんなに近くに!?
　あたしのそばにしゃがみ、口の端をあげて笑っている。
　そして、あたしの胸につきそうな距離に、人差し指を突き立ててきた。
「だけど、俺……もう、ロックオンしちゃったから」
　ズキュン！っていう音が聞こえた気がした。
　しかも、あたしを見て笑う顔が、とってもキラキラと輝いている。
　や……だ。

あたしが直接言われたわけじゃないのに、なにをドキドキしてるのっ!?
「ばっ……バカだろ、お前」
　虎ちゃんの手を払いのけ、まっ赤になりそうな顔をあわててそむける。
「お前のダチだ。バカに決まってんだろ？　今日の俺への償(つぐな)いとして、明日のデートプランは嵐が全部考えてこいよ」
　は……？
「行かないから！」
「お前が決めることじゃねーんだよ。俺が言うことは、絶対なの。乙葉、明日、俺とコイツと嵐でダブルデートすっから。絶対に来いよ？」
　虎ちゃんは、いつの間にか２階にあがってきていた弥生ちゃんと、ベッドの上に転がったままの嵐を交互(こうご)に見る。
　嵐はやっとのことでベッドから起きあがると、今度は身を乗りだして虎ちゃんに近づいていく。
「だ……ダブルデート!?　誰と誰がっ？」
「だ〜から、お前と俺。嵐と弥生で、だ」
　虎ちゃんは、あたしたちを順番に指さしていく。
「なっ……」
　そうだよ、嵐！
　ここで断るのよっ!!
　あたしは思わず、ガッツポーズを作っていた。
「弥生ちゃんも、行くの!?」
　嵐はなぜか弥生ちゃんに確認している。

そこは、あたしに聞くべきでしょ!?
「うん……たまには、いーかなって。デートとか、したことないし……」
　照れ照れで話す弥生ちゃん。
　おいおいおーいっ、犠牲者はあたしですよっ!?
　弥生ちゃん、お願いだから、そこは首を大きく横に振ろうっ！
　そして嵐も……。
「行くっ!!」
　……はい？
　思わず、どついたろか？って言いたくなりましたよ。
　せっかく嵐を助けたのに、こんなことになるなんてーっ！
「デートプランは、あたしに任せて！」
　しかも、なに言っちゃってんの？
　乙葉、付き合ったことない設定だから。
　そんな女がデートプラン考えるって、どう考えてもおかしいでしょーっ！
　ここに百戦錬磨がいるっていうのに……。
　嵐はどうやら、やる気満々らしい。
「痛えっ!!」
　あたしが嵐をどつくと、頭を押さえて痛がっている。
「アンタねぇ……」
　にらむけど、嵐はヘラッと笑っていた。
　そしてあたしはまた、虎ちゃんにうしろから引っぱられる。
「嵐……今日、何度目だ？　いくら乙葉の兄貴だからって

テメー、どつきすぎなんだよ」
「あぁっ、軽〜くやっただけだって。大げさだな〜、乙葉は」
　虎ちゃんの怖さは、もうわかった。
　ムダに逆らうのだけは、やめよう。
　明日、あたしが自分で断ればいいだけの話。
　どうせなら、思いっきり嫌われるようなことをしてやるんだから。
　それで、乙葉なんて絶対にイヤだって思われてやる。
　まぁ……そうしなくても、普段のあたしで行けば、きっと嫌われるはず。
　そんなこと……わかりきってるんだから。

嵐の本気

　次の日、デート当日……。
　結局、無難に映画を見にいくことになった。
　もちろん今日は、嵐は嵐、あたしはあたしでね。
　朝からやたらとソワソワしている嵐。
「あ～、クソ!!　なんで決まんねーんだよ!!」
　どうも寝ぐせが直らないらしい。
　モミアゲが、クリンと丸まっている。
　だけど、そんなのどーでもいい。
「嵐、なにやってるの？」
　嵐の部屋に入って話しかけるけど、あたしの存在を気にとめるでもない。
「おー……うぉっ、やっぱハネる!!」
　アンタはそれでも男か!!
　昨日、虎ちゃんが『女みたいにフニャフニャしてんじゃねーよ』って言ってたのがよくわかる。
　嵐って、イキがって大胆にみせてるけど、意外と神経質なところがある。
　アンタの髪型なんて、ホントどーでもいいから。誰も見てないし。
「ハットかぶっていけば？」
「おぉ、そーするわ」
　嵐は観念して、ハットを頭に乗せる。

「うん、ナルシストみたいだけど、いーんじゃない」
「はあぁぁぁ!?　やっぱ、やめ!!」
　嵐は鏡で見る前に、ハットを床に放りだしてる。
　このデートを企画した罰だよ。
　今日は、めいっぱい嵐をイジッてあげる。
　それで、あたしのこと性格悪いって、虎ちゃんの前でいっぱい、けなしてね。
「なんだか今日の乙葉はキツいな～」
「そーかな。あ、やっぱりかぶったら？　弥生ちゃんオシャレだから、並んで歩いたらカップルに見えるかも……」
「マジ？　じゃー、かぶっていくか！」
　……単純(たんじゅん)なヤツめ。
「だけど弥生ちゃんって、冷たくて毒舌(どくぜつ)な人が好きなんだよね～。嵐とはちょっとタイプちがうかも……」
「え？　腹黒男ってことか!?　へ……へぇ、弥生ちゃんって、見かけによらずワイルド系が好きなんだ？」
「そうそう。虎ちゃんのこと、カッコいいって言ってたよ？」
「ウソだろ……」
　フハハハハ！　嵐くん、せいぜい落ちこみなさい！
　ぜ～んぶ、ウソだから。
　男の子自体が苦手な弥生ちゃんが、ワイルド系が好きなわけがない。
　前は好みのタイプもないって言ってたんだけど、昨日の帰りに、「ヤンキーって怖いし、男の子も苦手って思ってたけど……嵐くんは優しいよね」って嵐に言ってたの。

昨日、あたし扮する嵐が、合コンで守るって言ったのがすごくうれしかったみたいで、どうやら気になっているみたい。
　だけど、その流れで嵐を好きになったりしたら大変だもん！
　今日は絶対に、冷たい態度で通して、弥生ちゃんに嫌われてほしい。
　そうじゃないと、弥生ちゃんがかわいそうすぎる。
　こんな、ただのエロヤンキーに引っかかったりしたら、一大事。
　でも、当の嵐も、なんだか弥生ちゃんのことが気になってるみたいなんだよね……。
「弥生ちゃん、虎ちゃんみたいなのが好きなのか……」
　ギャルにしか興味がないと思ってたけど、目に見えてショックを受けている嵐。
　あたしの友達が家に来ると、他の子には冷たいのに、弥生ちゃんにだけは優しく接していたわけが、今やっとわかった。
「みたいだね。だから今日は、思いっきり冷たい男を演じて、弥生ちゃんのハートをガッチリつかんでね！」
「乙葉……」
「あたし、応援してるから！　その代わり、あたしを虎ちゃんから守ってよ？」
「おー、わかった」
　……な、わけないでしょう！

嵐の気持ちが弥生ちゃんに向いているとしても、狼に獲物を差しだすわけにはいかない。
　弥生ちゃんを嵐なんかと、絶対に付き合わせないんだから！
「さーて、行くか……って、お前っ!!　さっさと支度しろよ」
　あたしを指さした嵐は、今さらのようにそんなことを言う。
「準備できてるよ〜。あたしは嵐を待ってただけ」
「ちょっと待て!!　まさか、その格好で行く気じゃ……」
　嵐がサーッと顔を青くした。
「なにか？」
　まっすぐにおろした重たい前髪。黒縁メガネに、ノーメイク。無地のグレーのＴシャツに、黒のワイドパンツ。
　べつに、おかしくないよね？
「『なにか？』じゃねー!!　なんかおかしいって、自分で思わない？」
「べつに……」
　あたしの返事を聞いて、嵐はガクッとなってる。
「部屋着じゃねーんだぞ。今から外に出んの。わかってるか？　デートだ、デート！　デートだぞ!?」
　耳もとで叫ぶから、うるさくて仕方がない。
「声が大きすぎる〜！　そんな大きな声で言わなくても、わかってるから」
「さすがに、それはないだろ！　兄貴として、はずかしーわ!!」
「だって、昨日の嵐みたいな服、あたしが似合うわけがな

い……」
　べつにデートしたいわけじゃないし、普段着でいいよね。
「でも、昨日の俺、似合ってただろ？」
「それは嵐が着てたからだよ〜。あたしには、はやりの服は似合わないの」
「いやいや、いやいや……素材は同じなんだって。ほら、前髪上げろ？　目線は前！　背筋伸ばして、胸を張って」
　そんなこと言われても……。
「できないぃぃ……」
「はぁ!?」
　イライラ度MAXの嵐は、なにを思ったのか、昨日のウィッグを持ってきた。
「今日も、交代だ」
「……はいっ!?」
「俺の妹がこんなダサいとか、ありえねーから。もし虎ちゃんにバレたら、はずかしくて学校にも行けやしねぇ」
　舌打ちしながら、嵐がそんなセリフを吐き捨てた。
　あぁ……そっか。
　だから昨日、かわいい格好をして待ってたの？
　こんなあたしが妹なんて、はずかしい……って思ってたんだ。
「いいか？　途中でまた交代するから」
「いや、ムリでしょ。だいたい、どこで着替えるの？」
「俺に最後まで女の格好でいろと!?」
「そんなの知らないよっ!!」

昨日はノリノリだったくせに〜!!
　　　ホント嵐は勝手なんだからっ!!
「とにかく、どっかで着替えるぞ。わかった？」
「…………」
　　　あたしは無言で、嵐が次々に脱いでいく服を拾い、着ていく。
　　　その間に、嵐は部屋を出ていった。
　　　着替え終わり、鏡の前に立つと、思わずため息。
　　　うわぉ……カンペキ。
　　　我ながら、カッコいい。
　　　そして、嵐の乙葉も……。
「見て見て〜。かわいい？」
　　　わっ!!
　　　女の子の表情で現れた嵐は、少しだけアイメイクを施し、昨日にも増してかわいくなっていた。
「嵐っ、メイクなんてして、どうしたの!?　しかも、その服!!」
　　　嵐は、オフショルダーのトップスにショートパンツを合わせ、かわいく決めている。もちろん、レギンスも忘れずに。
「母ちゃんの適当に借りた。ど？　いい感じ？」
　　　そういえば、ちょっと若い？って言いながら、お母さんがこんな服を買ってたような気もするけど……。
「いいけど……交代したとき、メイクはどーするの？」
「俺がちゃちゃっとしてやるよ。よーし、行こうぜ！　時間だ」
「行くけど〜……なんで、そんなにはりきってるの？」

第2章 ヒマワリみたいなキミが好き

「だって、デートだよ!! あ～、早く虎ちゃんに会いたいなぁ～」
　女声でそんなことを言う嵐を、どつきたくなった。
「そうじゃないでしょーっ!! なんとかして、虎ちゃんがあたしを嫌うようにしてよね!? かわいい妹を印象づけようとしたって、乙葉が地味子だってことは、いつかはバレるからね！」
「あいよ～」
　嵐はホントにわかってるのかどうか、生返事。
　なんだかとっても、不安……。
　徒歩で待ち合わせ場所に行く途中、嵐は完全に女になりきっている。
　そして、あたしも嵐になりきる。
　……あたしたち、もしかして生まれてくる性別をまちがえた？
　お互い、こっちの方が自然かも。
　待ち合わせ場所のコンビニ前に到着すると、すでに虎ちゃんと弥生ちゃんが来ていた。
「おっ、来た来た。なに、お前。今日もかわいいな」
　嵐を見るなり、そんなことを言う虎ちゃん。
　だけど、今日の嵐はひと味ちがう。
「弥生ちゃん、おはよ……行こう！」
　虎ちゃんの顔も見ずに、弥生ちゃんに近寄ると、すぐに腕を取って歩きだした。
　おおっ、嵐が虎ちゃんに冷たくした！

そんなことしたら、ますます虎ちゃんの闘争心を煽っちゃうような気がするのは、あたしだけ!?
「アイツ、照れてやんの〜」
　っていうか、冷たくされたことに気がついてもないし!
「照れてるんじゃなくて、困ってるんだって。今日も、『行きたくないー』って言ってたからな……」
　とりあえず、そういうことにしておこう。
　そしたら虎ちゃんは、笑顔で肩を組んできた。
　そして、あたしの耳もとに顔を寄せる。
　キャッ!
　男の子とこんなに接近することに慣れていないあたしの心拍数は、一気にあがった。
　だけど、虎ちゃんはそんなことに気づくわけもなく。
「お前、途中で弥生連れて、消えてくれる?」
　耳もとでささやかれ、ゾクゾクするけど、それよりもっと聞き捨てならないことが!
「やっ……ムリだから!　乙葉がイヤがってんのに、俺がそんなことできるわけないだろ」
「はぁ?　誰に向かってそーいう口、聞いてんだよー」
　虎ちゃんはニヤニヤしながら、あたしの脇腹を突いてくる。
「キャッ……くすぐったい!!」
「女みたいな声出してんじゃねーよ。なーんか、昨日からおかしいな……お前」
　訝しげにあたしを見てくるから、あわてて咳払いをする。
「ゴホッ……ギャッて言おうとしたら、声が裏返った……」

第2章　ヒマワリみたいなキミが好き ≫ 99

「アッハッハ、ただでさえ声高いのに、笑わせんなよな〜」
　ホッ……。
　怪しまれたらどうしようかと思ったけど、とりあえず大丈夫みたい。
　それにしても……。
　あたしと虎ちゃんの前を歩く、あたしの姿をした嵐と弥生ちゃん。
　ちょっと……くっつきすぎじゃない？
　嵐が弥生ちゃんの腕に、自分の腕を絡ませている。
　あの、エロ男が——っ!!
　うしろからどついてやりたい気持ちを、必死でおさえる。
「お前は、マジで弥生いっとく？」
　虎ちゃんがヘラッと笑う。
「いや……乙葉の友達だし、やめとく」
「へぇ〜、嵐がそんなこと言うの、めずらしーな。マジになるとそーなんの？」
「べつに、そういうわけじゃ……。そうだ……虎ちゃん、乙葉のことは遊びだろ？　だったら早く手を引いてほしい」
　ずっとこのツーショットが続くとは思えないから、今のうちに言いたいことを言っておかなくちゃ。
「遊び？　んなこと、わかんねーじゃん。マジになるかも」
「虎ちゃんは、絶対にならないよ!!」
　昨日の言動で、虎ちゃんがチャラいことは百も承知。
　一途(いちず)なんて言葉とは、無縁な気がする。
「決めつけんなよなー。俺だって、人を好きになることぐ

らいあっから」
「え、虎ちゃんが?」
「驚きすぎ。お前なー……やっぱ今日はヘンだな。熱でもある?」
　虎ちゃんがあたしのおでこに、大きな手をあてがう。
「やっ……」
　突然触れられ、ドキッとした。
　やたらと顔が熱い。
　思わず、うしろに飛びのきそうになったけど、グッとこらえた。
　嵐なら、ここで逃げたりしないはず。
「あるかよっ!!」
　あたしはその手を、思いっきり払った。
　それでも虎ちゃんは、へへッと笑っている。
「なーんか、お前が乙葉に見えてきた」
　……えぇっ!?
「お前ら、ソックリだな。まちがわれたりしねーの?」
　ドキ———ッ!!
「に……似てるかぁ!?」
「おー。目もと、口もと、顔の輪郭(りんかく)……ヤベ、嵐にキスしたくなってきた」
　はい———っ!?
「やーめーろーっ、俺にはそんな趣味はない!!」
　冗談っぽく笑いながら肩を組もうとしてくる虎ちゃんを、必死で押しかえす。

虎ちゃんが言うと、冗談に聞こえないっ!!
「冗談なのにマジにして。相変わらず、かわいーな嵐は」
　虎ちゃんはあたしをからかって遊んでいたみたいで、すぐに自分のポケットに手を入れた。
　なによ、なによーっ。
　ドキドキしたんだからっ!!
　男の子とこんなに近くで話すことはもちろん、肩を抱かれたこともないあたしは、緊張でどうにかなりそうだった。
　はぁー……どうか今日が無事に終わりますように。

　30分ほどで、映画館に到着。
　嵐がチョイスした、ハリウッドスターが主演の話題作。
　少しＳＦチックな感動もので、恋愛要素も少し入っているらしく、デートにはもってこい。
　嵐は弥生ちゃんのとなりをガッチリキープ。
　弥生ちゃん、嵐、虎ちゃん、あたしっていう並びで席に座ることになった。
　男に変装してるとはいえ、デートなんて初めてだし、このシチュエーションに緊張(きんちょう)してきた。
　上映までまだ時間があるから、あたしはトイレに行くことに。
「ふぅー」
　トイレの前で、ひと呼吸置く。
　そうだ、男子トイレに入らなきゃなんないんだ……。
　イヤだけど、この格好じゃ、そうも言ってられない。

男子トイレの扉に手をかけようとしたら、うしろから声をかけられた。
「嵐くんっ」
　振り向けば、弥生ちゃんがそこに立っていた。
「どうしたの？」
「今日……全然、話せないね。あとで、いっぱい話そうね」
　弥生ちゃんは耳までまっ赤になっていて、うつむきながらそんなことを言ってきた。
　そして、逃げるように女子トイレへと駆けこむ。
　……マズい。
　なぜだか、いつの間にか……弥生ちゃんが、嵐に夢中になってる!?
　弥生ちゃんって男の子が苦手だけど、そういえば恋愛小説が大好き。
　実際に嵐と会話することで、気持ちに変化が起きた!?
　あの顔は、恋する乙女(おとめ)の顔だよね。
　あんなの嵐に見せたら、絶対につけあがる！
　……どうしよう。

　トイレに行ったあと、あたしは外で弥生ちゃんを待つことにした。
　女子トイレから出てきた弥生ちゃんは、あたしを見て驚いた顔を見せる。
「あれっ……嵐くん、まだ席に戻ってなかったの？」
「あー、うん。弥生ちゃん、ちょっと話があんだけど……」

「話って?」
「……俺さー、彼女いるんだよね」
「…………」
　予想どおり、弥生ちゃんは絶句している。
「もっと早く言えばよかった……昨日、突然デートすることになって、言いそびれてさ」
「彼女がいるのに、合コンに参加したんだ……」
「あー、うん。付き合いで。断れなくて……」
　あたしと弥生ちゃんの間に沈黙(ちんもく)が流れる。
「もし、俺のこと少しでも気に入ってくれてるんなら……ごめん」
　悪いとは思うけど、こうでもしなきゃ嵐の思うツボのような気がしたから。
　弥生ちゃんに、なにかあってからじゃ遅いもん。
「うん……話してくれて、ありがとう……」
　弥生ちゃんはうつむいたまま、席に戻っていった。
　ごめんね、弥生ちゃん。
　罪悪感(ざいあくかん)を抱えたまま、あたしも席へと戻る。
　……いいんだよ。
　あたし、結果的にはいいことをしたんだよ?
　チャラい嵐に弥生ちゃんがだまされて、あとで泣くのは目に見えてる。
　そうなる前に、ピリオドを打った。
　ただ、それだけなんだから……。
　席に戻ろうとすると、弥生ちゃんがさめざめと泣いていた。

ウソ……泣いてるの？
　そんなにショックだったってこと？
　となりに座っている嵐が、必死で弥生ちゃんをなぐさめている。
　だけど弥生ちゃんは、理由も話さず、ただ首を横に振るだけだった。
「弥生ちゃん、なんで泣いてるの？　どうしよう……嵐、なにか知ってる？」
　嵐があたしに聞いてくる。
「ううん……」
　あたしは、しらばっくれるしかない。
「どうしよう……外に出る？」
「大丈夫。もう泣かないから……あと少しだけ、待って」
　弥生ちゃんはハンカチで涙を拭い、鼻をすすっていた。
　……訂正した方がいいのかな。
　黙ってそのやりとりを見ていると、あたしのとなりで虎ちゃんが大あくびをしている。
「お前、湿っぽいんだよ～。泣くなよ」
「なっ……そんな言い方する？」
　嵐がキッとした顔を虎ちゃんに向ける。
「泣くなら外で泣けって。なに、俺らに心配してほしいの？」
「……!!」
　弥生ちゃんは顔をしかめて立ちあがると、そのまま外へ出ていってしまった。
「待って！」

嵐もそのあとを追うように、続いて出ていった。
　虎ちゃんはその光景を見ても、動こうとしない。
　あたしはどうすることもできず、黙ったまま虎ちゃんのとなりに座った。
「嵐……お前、なんかやっただろ」
　ギク———ッ。
　なんでわかったの!?
　あたしは固まったまま、なんて答えようか必死で考える。
「相手見ろよなー。いつもの勢いでいったら、泣くに決まってんだろ」
　いや、あたしがしたのは、虎ちゃんが想像しているようなことじゃなくて。
　だけど、それ以上にひどいことをしたのかもしれない。
　少しずつ、罪悪感が大きくなってくる。
「なにもしてない……」
　ホントのことを言うわけにもいかないし、とりあえずあたしはそう言った。

　しばらくして、映画が始まるブザーが聞こえてくる。
　その音とともに、虎ちゃんがおもむろに立ちあがった。
「嵐……謝りにいくぞ」
「え……」
「あんなおとなしそうな子が、人前で泣くって相当だろ。今もまだ泣いてんじゃねーの?」
「そうだけど……」

虎ちゃんがそんなこと言うなんて、意外。
「好きなんだろ？」
　……いや、そうじゃないんだけど。
　だけど、そうとは言えない雰囲気……。
　あたしは虎ちゃんについて、まっ暗になったばかりの室内を歩いて外に出た。
　そこには、泣きはらした目をした弥生ちゃんがいた。
　あんなになるまで泣いて……。
　嵐に彼女がいることが、よっぽどショックだったんだ……。
　ピュアな弥生ちゃんは、彼女がいるのに合コンに来るとか、ましてやダブルデートに来るなんて、思ってもみなかったはず。
　なのに、冷たく突き放しすぎてしまったかもしれない。
　……反省。
「テメー……ちょっと顔貸せや」
　ひっ……。
　外に出たところで、嵐にヘッドロックされた。
　あたしだけにわかるようにドスのきいた声。
　そのまま男子トイレへと引きずりこまれる。
「な……なに？」
「トボけんじゃねぇよ。弥生ちゃんから聞いたけど、俺には彼女がいるって言ったって？」
「そ……そうだよ。だって、現に嵐、彼女いるよね？」
「とっくの昔に別れたんだよ!!　勝手なことすんな！」
　嵐に胸ぐらをつかまれ、耳もとで怒鳴られる。

そんな怒らなくても……。
　あたしは弥生ちゃんを守りたかっただけなのに。
「お前に、そんなこと言う権利あんのか？」
　嵐は冷たい視線をあたしに向ける。
「え……」
「人を好きな気持ちを、お前が阻止する権利があんのかって聞いてんだよ!!」
　家にいるときはあたしに怒鳴ったりすることのない嵐が、本気で怒っている。
　怖いっていうよりも、なんだかショックだった。
　嵐がこんなに感情的になるなんて、思ってもみなかった……。
「嵐と付き合ったら、弥生ちゃんがかわいそうだって思ったから……。ふたりは住む世界がちがいすぎるもん」
「ちがったら……好きになっちゃダメなのかよ……」
「好きって……？」
「気がついたら、好きになってた。そういうの、おかしいか？」
　え……？
　嵐はあたしから顔をそむけると、バツが悪そうに頭をかいている。
「お前が弥生ちゃんをはじめて家に連れてきたとき……俺だって、あんなお嬢様……絶対ムリだって思ってた。だけど、好きになった」
「そうだったんだ……」

「ギャルとしか付き合ったことねーけど、弥生ちゃんは……なんか、特別で。俺もよくわかんねーけど、とにかくかわいいって思って」
「…………」
　たしかに弥生ちゃんはかわいいけど、嵐がそんな目で見てたなんて、全然気がつかなかった。
「家に来たときに笑いかけてみたけど、目ぇそらされたりして、あきらかに避けられるし。絶対に嫌われてるんだと思ってた。だけど昨日会って、もしかしてちがうのかな……って思えるようになってさ」
　嵐は、見たことのないような、やるせない表情をしている。
　弥生ちゃんのこと、ホントに好きなの……？
「そう……だったんだ……。弥生ちゃん、嵐が嫌いなんじゃなくて……ヤンキーが、ううん、男の子全般が苦手なんだよね」
　適当な気持ちで、弥生ちゃんに近づいてるんじゃなかったんだね。
「え……マジで？」
「そうだよ。あたしと同じで、付き合ったこともなければ、合コンにも行ったことがなかったの」
「それって……」
　嵐がニヤつきはじめる。
「ちょっと！　ヘンなこと考えないでよ!?　弥生ちゃんは、清らかで純粋なんだから」
「わかってるよ。俺、もし弥生ちゃんと付き合えるなら、

今までの女、全部切る自信がある」
「ホントに？」
　そこまで弥生ちゃんのことが好きなんだ!?
「あぁ……今日みたいに、また泣かれたらたまんねぇし……まぁ、泣いてる弥生ちゃんもそそるけど」
「コラ!!」
　あたしは嵐の頭を思いっきりどついてやった。
「いてて……なぁ、頼む。そろそろ……入れ替わってくんねぇ？」
「えっ……それは……」
　入れ替わるってことは、ホントのあたしに戻るわけで。
　大丈夫かな……あたし。
　今は嵐に扮しているから堂々と虎ちゃんとも話せるけど、素のあたしは、虎ちゃんと目を合わせることすらできないかもしれない。
　そんな状態でダブルデートなんて、かなりムリがある。
「頼むっ……乙葉の姿でなぐさめるのも、限界あるし。俺は俺に戻って、弥生ちゃんに話しかけたいから」
「…………」
　あんなにまで泣く弥生ちゃんは、いつの間にか嵐のことが好きになってたのかな。
　あたしが止める権利はない……か。
　そうだよね。
　あたしのは、余計(よけい)なお世話ってヤツかもしれない。
「いいよ」

あたしは嵐に借りた服を脱いで、洗面所のスペースに置く。
　下にキャミとスパッツを穿いてたから、下着姿になることは免れた。
「おい、お前……スパッツって、ダサッ！」
　嵐から、容赦ないツッコミが。
「うるさい！　ほっといてよ」
「虎ちゃんがそんなの見たら、引くぞ？」
「は!?　見せることないし!!　っていうか、あたしがなに着ようが勝手でしょー!!　このエロヤンキーが」
　嵐の背中に向かって、服を投げつける。
「おわっ、乙葉……投げんなよ。あ、そーだ。着替え終わったら、メイクしてやるよ」
　……メイク!?
　そういえば、今日の嵐はアイメイクをしてたんだっけ。
　普段から印象的な目をしているけれど、メイクをすることでさらにパッチリと、かわいい表情になっている。
　いくら顔が同じと言われても、はたしてあたしも嵐と同じようにかわいくなるのかな……。
　半信半疑のまま、嵐にメイクをしてもらう。
「終わり！」
　嵐の合図で、目を開けると……。
　鏡の前には、いつもより明るい表情のあたしがいた。
「わぁ……これ、ホントにあたし？」
「かわいいよ」
「うっ……」

嵐にほめられて、あたしもなにを照れてるんだか。
　思わず両手で顔を隠す。
「やっぱ俺って才能あんな。メイクアップアーティストにでもなるかな」
　って、結局、自分をほめるんだ!!
「素材がいいんですー！　べつに、たいしてメイクしてないし」
「まぁな。よし、行け。今日はいつもの乙葉じゃない。頼むから、虎ちゃんの前ではかわいい女の子を演じろよ？」
　嵐はあたしの手を引っぱり、トイレから出る。
　いつものあたしじゃない……か。
　だけどべつに、かわいい女の子を演じる必要はないよね？
　あたしの今日の目的は、虎ちゃんに嫌われることなんだもん。
　いつもの無愛想なあたしでいいんだよ……。
　そう思うのに……。
　見た目が変わったら、歩き方まで変わった気がする。
　嵐のチョイスしたはやりの服が、似合ってる気さえしてくる。
　どうしたんだろう。
　あたし、浮かれてる……。
　こんな些細なことで気持ちって変化するの？
　不思議と……嵐が演じていた乙葉も悪くないような、そんな気がしていた。

あたしはこういう女です

　虎ちゃんたちがいる場所まで戻ると、ふたりは黙ったまま壁にもたれて、一点を見つめていた。
「弥生ちゃん……大丈夫？」
　あたしが声をかけると、もう泣きやんでいた弥生ちゃんが軽くうなずいた。
「うん」
　嵐と虎ちゃんは、なにやらふたりでコソコソと話し合っている。
　そんなのは無視して、あたしは弥生ちゃんに話しかける。
「嵐のこと……そんなに気に入ったなんて、正直驚いちゃった……」
「えへ……おかしいよね。乙葉ちゃんは嵐くんに彼女がいないって言うけど、モテそうだし、やっぱりいると思うんだ」
　入れ替わる前に、嵐が彼女はいないって訂正したのかな。
「だけどね……」
　弥生ちゃんが、あたしにそっと耳打ちしてくる。
「正直に言ってくれた嵐くんのことが……それでもやっぱり気になるの……。あたしと全然タイプちがうのに、おかしいよね……こんなあたしなんて、嫌われちゃうかな」
「そんなこと……」
　あたしがさっきまで思っていたこと。

弥生ちゃんは、嵐とタイプがちがうってことを自分でわかっている。
　その上で、嵐のことが好きなんだ……。
　嵐に言われた言葉を思い出す。
『人を好きな気持ちを、お前が阻止する権利があんのか』
　あたし、やっぱり勝手なことしたのかもしれない。
　一番大切なのは、弥生ちゃんの気持ちだよね。
「弥生ちゃん……あたし、応援してる。がんばろう」
「ありがとう、乙葉ちゃん」
　今度は感激したのか、弥生ちゃんはまた目に涙を溜めている。
　あぁ……かわいいなぁ。
　どうしてこの人は、なにからなにまで女の子らしいのか。
　あたしには、到底マネできない。
「チェンジ」
　そこで虎ちゃんが近づいてきて、弥生ちゃんの肩を軽く小突いた。
　そうされた弥生ちゃんは、虎ちゃんを見てハニカんでいる。
　チェンジって……？
　キョトンとしていると、弥生ちゃんがあたしに耳打ちしてきた。
「これから、別行動することになったの。虎ちゃんの提案だよ」
　……え。
　別行動って、なに？

聞いてないんですけど───っ!!
「や……あたしはっ」
「来いよ」
　　虎ちゃんに強引に腕を取られる。
「待って、待って、待ってー!!」
「あんだよ、うるせぇな」
　　口ではそう言ってるけど、虎ちゃんは笑っている。
「手っ……手ぇっ!!」
　　いきなり手をつながれ、あたしは大パニック!!
　　甘い顔に反して、意外に大きくて少しゴツゴツしている骨ばった手に、さらにドキドキ！
「乙葉の手、ちっこいな～。食べていい？」
「はっ……はいぃいっ!?」
　　言われたことのないセリフや、されたことのない行動に、あたしの心臓はバックバク！
「だ……ダメですっ!!」
「なんで敬語なんだよ、他人行儀だな。昨日の乙葉はもっと……」
「昨日のあたしは壊れてたの!!　普段のあたしは、これだから」
　　虎ちゃんの顔が近すぎて。
　　握った手が熱すぎて。
　　あたしは目を合わせることすらできない。
　　そこで周りを見て気がついた。
「弥生ちゃんっ!?」

第2章　ヒマワリみたいなキミが好き　>> 115

　あれっ？
　いつの間にか、弥生ちゃんと嵐がいなくなっている。
「嵐に忠告(ちゅうこく)しといてやったから。乙葉の友達だから、慎重に行けよって。いつもの調子でいったら、引かれるからな」
「そ……そうなんだ。だったらあたしたちも、一緒に」
「俺らは、このまま映画見ようぜ」
　強引に、虎ちゃんに引っぱられる。
「えーっ、ちょっと!!」
「しーっ……」
　ドキッ!!
　あたしを引き寄せ、軽く目を細める虎ちゃん。
　そして、あたしの唇にそっと人差し指をあてた。
「上映中は静かにしてください？　映画のあとに、言いたいことたっぷり聞いてやるよ」
　今度ばかりは、バッチリと目が合った。
　は……はずかしい。
　嵐になってたときは、すぐになにか言い返せたんだけど、乙葉の今は、虎ちゃんに見つめられると……なにも言えなくなってしまった。
　ドキドキドキ……。
　あたし、ヘンだ。
　どうしたの？
　なんで、こんなにドキドキしてるの!?
　気持ちを落ちつかせるのに、館内の暗がりはちょうどよかった。

結局、素直に映画を見ることに。
　虎ちゃんが腰かけたあと、となりに座る。
　もちろん映画はもう始まっていて、目の前のスクリーンにはイケメンのハリウッド俳優が映っている。
　チラリと虎ちゃんを見てみると、真剣な顔で映画を見ていた。
　……こういう表情もするんだね。
　しゃべらない虎ちゃんって、見たことがないかも。
　っていうか、この人しゃべらない方がよくない？
　ハリウッド俳優なんかより、よっぽどカッコいいよ。
　じーっと見ていたら。
　……んっ？
　なにかが、あたしの手に触れた。
　なに？
　手もとを見てみると……。
　虎ちゃんがあたしの手を握ろうとしていた。
「ちょっと!!」
　小さな声で注意して、大あわてで手を引っこめる。
「あんだよ〜……握らせろ」
　ニッコリ笑って言ってくる虎ちゃんに、あたしはまたまっ赤になりそうだった。
　暗いからバレてないはずだけど。
「ダメです!!」
「だぁから、なんで敬語なんだよ。疎外感、感じるわ。普通に話せよな」

虎ちゃんは手を握るのをあきらめたのか、腕組みしている。
　……ホッ。
　それにしても、油断ならないんだから。
　映画に集中できやしない……。
　はあぁぁ……この映画、あとどのぐらい続くんだろう。

　しばらくして、ラブシーンに突入。
　目の前のスクリーンでは、主演のハリウッド俳優と相手役の女性が濃厚なベッドシーンを繰り広げている。
　こんなシーン入れないでよ、気まずいから!!
　思わずツッコみたくなるけど、なんだかドキドキは増していくばっかり。
　ハッ!!
　虎ちゃんが、またなにかしてきたらどうしよう!?
　チラッと横を見ると、真顔でスクリーンを見つめている。
　あたしの視線を感じたのか、少しだけこっちに顔を向けたけど、またすぐに正面を向いてしまった。
　……あれっ、なにも言ってこないんだ？
　てっきり、冷やかされたり、からかわれたりするのかと思ったのに……。
　もしかして、虎ちゃんもドキドキしてるとか……？
　あたしは膝に乗せたバッグをギュッと握りしめる。
　初デートは、好きな人とするって決めてたのに。
　それで映画を見て、その途中で手をつなぐことを夢見てた。
　そういう、ロマンチックなデートがいいなって思ってた

のに、今あたしのとなりにいるのは……。
　好きな人でもなければ、彼氏でもない。
　あたしはここで、なにをしてるんだろう。
　なんだか、一気にテンションが落ちてきた。
　映画の途中だけど、あたしは席を立った。
　当然、虎ちゃんに腕を引っぱられる。
「おい、どこ行く気？」
「あたし……帰ります。ここにいても、仕方ないから……」
　あたしは虎ちゃんの腕を振りきり、足早に外に出た。
「おいっ、待てよ!!」
　うしろから虎ちゃんの声が聞こえてくるけど、あたしは振り返らない。
　そのまま小走りで映画館をあとにする。
「待てっつってんだろーが」
　グイッ!!
　うしろから手をつかまれ、虎ちゃんの方を向かされる。
「あたし……帰る……ごめんなさい」
　もちろん、虎ちゃんと目を合わせることなんてできなくて。
　嵐になってたときにできてたことが、全然できない。
　緊張でオロオロしているし、相変わらず顔を見ることができずに、ただ虎ちゃんの靴を見つめるだけ。
　虎ちゃんは屈んであたしの視界に入りこんできた。
　うわっ……ダメ。
　はずかしくて、直視できない……。
　あたしはすぐに視線を外した。

それでも虎ちゃんは詰め寄ってくる。
「なんだよ、いきなり……あんなに乗り気だったくせに」
「それはっ……昨日の話で」
　「あれは、嵐が勝手に」って言いたいところをグッとこらえる。
「気が変わった……ってこと？」
　虎ちゃんの、少し冷たい声が耳に届く。
「変わったっていうか……最初から、断ってたよね。今は付き合う気ないし……」
「俺も、べつに付き合わなくてもいーけど？」
　えぇっ、それはそれで問題だから！
「あたしっ……虎ちゃんが思ってるよーな子じゃ、全然ないからっ……さよなら！」
　あたしは虎ちゃんを振りきり、また逃げようとした。
　そしたら、うしろから思いっきり抱きしめられた。
「きゃあ!!」
「二度も同じ手に引っかかるかよ……。なぁ、知ってた？」
　え……。なにを？
　思わず、なんのことかと考えていると、あたしの耳の近くまで顔を寄せてきた虎ちゃんが、そっとささやいた。
「俺、狙った獲物は絶対に逃さないから」
　ゾクゾクゾク———ッ!!
　恐怖？　緊張？
　百歩譲って、ときめき!?
　なんだかよくわからないけど、背筋がブルッとして寒く

なった。
　これって、シメてやるっていう意味だよね!?
　あぁ……やっぱり、ヤンキーって怖い!!
　あたし、ヤられちゃうんだ!?
　ガタガタとふるえていると、虎ちゃんが心配そうにあたしの顔をのぞきこんでくる。
「……どした？　寒いか？　映画館、かなり冷房効いてたしな……」
　いえ、ちがいますって！
　これは、武者ぶるい……いや、恐怖でふるえてるんだってば！
「あたしの周りには……嵐ぐらいしか、ヤンキーなんていないから……」
「へ？　どうした、突然」
「だから、どう謝ればいいのかわからなくて……不快にさせたとしたら、ごめんなさい。このとおりです！　許してください!!」
　ヤンキーには、とりあえず謝っておこう！
　あたしの行動に、虎ちゃんはポカンと口を開けている。
「許してくださいって、なに？」
「だから……あたしと虎ちゃんじゃ、次元がちがうっていうか。住む世界がちがうの」
　ホントのあたしは、今日みたいな格好をしていないし、昨日の嵐みたいに積極的でもない。
　虎ちゃんの中のあたしは、嵐が作った偶像なんだもん。

第2章　ヒマワリみたいなキミが好き

「はぁ、なに言ってんの？　全然、意味わかんね〜。難しいな、それ女子校ではやってんのか？」
「えぇっ、ちがう……」
「なぁ、乙葉。このあと、飯食いにいこーぜ。腹減った」
　って、全然あたしの話聞いてないし！
「あたし……昨日はムリしてたの。嵐の友達だから、背伸びしてた。だけどやっぱり、自分を偽るのって疲れる」
「偽るって？」
「普段のあたしは、こんなにかわいい服を着たりしないの。ロングスカートに、ペタンコ靴で……」
「……マジで？　それって、ふわふわ系？」
「……へ？」
「ロングスカート好きだぜ。女の子らしーじゃん」
　あー、いや。
　そんな、いいものじゃないですから。
「それに、乙葉はどんな格好しててても乙葉だから。べつに服なんて、なんでもいーし」
　そう言って、無防備な笑顔を見せる虎ちゃんにドキッとした。
　この笑顔は、ホントのあたしに向けられたものじゃない。
　わかってるけど……それでも……誤解してしまいそうになる。
「じゃあ、帰るね」
「おいっ、今の流れで、なんでそーなる!?」
　虎ちゃんは苦笑いをして、あたしの前に回りこむ。

「なにが不満？　俺じゃヤダ？」
「ヤダっていうか……合わないから」
「そんなの、付き合ってみねーとわかんねぇじゃん」
「世間一般的にそーいうことになってるの。ヤンキーに合うのは、ギャル。遊びなら、他をあたってよ」
「いやー、だからさ。なんで決めつけんの？　俺が好きだっつったら、それでいーんだよ」
　虎ちゃんは強引にあたしの腕を取ると、ズンズン進んでいく。
「やめてよっ……」
「俺のことよくわかってないのに、フラれるとかありえねぇ。フるなら、今日１日、俺をよく知ってからにしろよ」
「や……だから、そーじゃなくてっ」
　振り払おうとするのに、かなり強く手を握られていて、できない。
　どうしよう……。
「まず、飯食いにいこ。腹減ってない？」
　ちょうどお昼時で、正直に言えば空いている。
「…………」
「嵐に聞いた。乙葉、和食が好きなんだって？」
「えっ、いつの間にそんなこと話したの？」
　そういえば、さっきトイレから出たときにふたりでコソコソ話してたけど、そのときかな。
「好きな女のことは、なんでも知りたいし。ひととおり、聞いといた」

「ひととお……り?」
「甘いお菓子より塩系が好きだとか、見た目より落ちついてるとか……な?」
「嵐……そんなこと話したの?」
「そ。色は地味な色が好きなんだって? 人混みで見つけにくいから、もっと目立つ色の服を着るように言ってくれ、だって」
　なっ……なんなの、そんなことまで話す必要ないのに!
「べつに地味な色が好きなんじゃなくて、ハデな色を避けて服を選ぶと自然にそうなるんだってば」
「へー。じゃあ何色が好き?」
「黄色……」
「黄色? ピンクとか、青じゃなく?」
「うん。あたし、ヒマワリが好きなの。だから……」
　太陽に向かって咲く花。
　太陽みたいに明るい嵐をうらやましがる、あたしみたいだなって思って。
「乙葉って、ヒマワリみたいだもんな」
　虎ちゃんに言われて、驚いた。
「え……どうして、そう思ったの?」
　人からそんなことを言われたのは、はじめてで。
　かなりビックリした。
「乙葉、笑顔がいーじゃん? 見てるだけで、元気が出る。だから、ヒマワリみたいだなって」
　ニコニコしながら言う虎ちゃんに、少なからずキュンと

した。
「そっ……そんなことないよ」
　あたしとまったくちがう解釈をする虎ちゃんに、動揺を隠せない。
　でも……虎ちゃんは乙葉のフリをした嵐の笑顔が好きなだけで、ホントのあたしの笑顔じゃないはず。
　そうだとわかっていても、顔がどんどん熱くなっていく。
　思わず、虎ちゃんから顔をそむけた。
　ヤダ……ヤダ、おさまれあたしの心臓。
　ドキドキと……激しく鳴り続ける。
「黄色は〜、俺の色だよな？」
「……えっ？」
「虎って、黄色だろ？　……そう思ったら、少しでも好感度ＵＰしねぇ？」
　言われてみれば、"虎＝黄色と黒"ってイメージ。
「虎は、く……黒かな」
　なんて、あえて言ってみる。
「黒ねぇ……ま、そのうち黒も好きって言わせるから。今度から、黄色見ただけで俺の顔が浮かぶぐらい、好きにさせてやる」
　なっ、なに言っちゃってんの!?
　ツッコみたいけど、まっ赤な顔を見られたくなくて、ただひたすらうつむくあたし。
「……乙葉の横顔、マジでかわいーんだけど」
「へっ!?」

そんなことを言われ、横顔を見られるのがはずかしくて、正面を向いた。
　そしたら。
「あ、やっとこっち向いたな」
　なんて言って、笑ってる。
　や……やられた。
　あたしはまた、軽くうつむいた。
「なに食う？　パスタでいい？」
　『和食が好きなんだって？』って聞いておいて、しかも、『なに食う？』って質問しながら、一方的にパスタに決めてしまう虎ちゃんって、よくわからない。
「近くにうまい店があるんだよな。ヤローとしか行ったことないから、女を連れてくのは乙葉がはじめて」
　ドキッ。
　そして、さりげなくあたしをドキドキさせる……。
「そんなに言うなら……行ってみようかな」
「やった」
　虎ちゃんがうれしそうに目を細めて、指を鳴らす。
「虎ちゃんって、おいしいお店をいっぱい知ってそうだね」
「そんなこともないけど？　気に入ったら、めちゃくちゃ通うからな〜。だから、本気の女しか連れていかない」
　ううっ、あたし、またドキッとしちゃった。
　それと同時に、本気の女が今までいたんだっていうことに、なぜか傷ついている。
　虎ちゃんなんて相手にしたくないって思う反面、そんな

ことを思うなんて。
　わけわかんない、あたし矛盾(むじゅん)してる。
　それに、困ったことに……胸の高鳴りが、全然おさまらないよ。

　そのあと、お店に着いてからも、虎ちゃんが会話をリードしてくれたおかげで、沈黙することもなく楽しく過ごすことができた。
　楽しいながらも、相変わらずはずかしくて、目が合わせられなかった。
　あたしはいつものようにずっとうつむいていて、帰る頃には虎ちゃんの口数も、少しずつ減っていった。
　なんの取り柄(とえ)もないあたし。
　話題もとくにないし、嫌われて当然。
　つまんないヤツだって思われてるかもしれない。
　べつに、それでいい。
　……それなのに、あたしどうしちゃったんだろ。
　今、すごくさびしい……。
「……そろそろ、帰るか」
　お店を出たあと、虎ちゃんがポツリとつぶやいた。
　映画を見て、ランチを食べて。
　そのあと、どこかに買い物でも行くかな？って思っていたけど、そうじゃないみたい。
　そうだよね。
　さすがの虎ちゃんも、こんなにつまんないあたしに、あ

きれたはず。
　あたしとじゃ話も盛りあがらないし、帰るしかないよね……。
「嵐によろしくなぁー」
　虎ちゃんはそう言うと、帰っていった。
　はぁ……。
　やっと……終わった……。
　これでよかったんだよね。

第3章

チャラいの？
一途なの!?
とまどう乙女心

虎ちゃんの気持ち

「ただいまぁー」
　家に帰ると、嵐はまだ帰っていなかった。
　まだデート中なんだ。
　弥生ちゃんは嵐の話を、笑顔でうんうんってうなずきながら聞いてそうだよね。
　あたしにも、ひとかけらでもいいから、弥生ちゃんみたいなかわいらしさがあれば、虎ちゃんの印象はちがったのかな。
　虎ちゃんの話は楽しかったし、ホントはもっと話していたいって気がしていた。
　それでもはずかしくて、ニコニコなんて、とてもじゃないけどできなくて。
　こんなあたしが虎ちゃんと一緒にいてもいいのかなっていう罪悪感とともに、なんだか落ちつかなかった。
　はぁ……。
　もう、ため息しか出ないよ。

「よっ、今日どうだった？」
　夕方になって、嵐が帰ってきた。
「うん、うまく嫌われたと思う」
「は!?　お前、なにやったんだよ!!」
　嵐がかなり焦っている。

「べつに……。いつもどおりにしてただけだよ」
「いつもどおりって？」
「とにかく、いつもどおりにしてたら嫌われたの！　あたしと付き合いたい、とか思うわけないじゃん。嵐だって、普段のあたしを虎ちゃんに見せたくなかったんでしょ!?」
　詰め寄る嵐から逃れるように、顔をそむけた。
「まぁ、そーだけど」
「正直者めー！　会話もつまんないし、虎ちゃん、あたしと話す気もなくなって、お昼ご飯のあと解散したよ」
「マジで？　そんな早く？」
　嵐が引いてるのが、目に見えてわかる。
「そ。ところでそっちは？　弥生ちゃんを泣かせたりしてないよね？」
「おう！　連絡先交換した。また会ってくれるって」
「そうなんだ……」
　なんだか順調みたいで、よかったじゃん。
　あとで今日の感想を、弥生ちゃんに聞いてみよう。
「弥生ちゃんに、ヘンなことしてないよね？」
「してねーわ！」
　とりあえずは、嵐にしてはめずらしく、健全なお付き合いを心がけてるみたい。

　夜になって、弥生ちゃんからメールが来た。
　今日の嵐とのデートについて。
　なんだかもう、すっかり嵐の魅力にハマッたみたいで、

おノロケメールに近かった。
　弥生ちゃんから聞かされるのは、あたしの知らない、男の子の顔の嵐。
　あのいいかげんな嵐も、好きな人の前ではそんなに変わるんだって驚いた。
　嵐もマジメに付き合うみたいだし、それならいいかな。

　日曜日はとくになにも用事がなくて、家でダラダラ過ごした。
　そして、月曜日の朝。
　目を覚まして時計を見ると、8時30分だった。
　7時に目覚ましをかけてたのに、どうして!?
　ウソ……あたしが寝坊!?
　今まで寝坊なんてしたことないのに。
　見れば、目覚ましにしていたケータイの充電が切れていた。半泣きで、急いで支度をしようとした……ら。
　あれっ!?　制服がない!!
「おかーさーん!!　あたしの制服どこ？」
　1階におりて、お母さんに聞いてみた。
　すると、お母さんはあたしを見てギョッとしている。
「乙葉!?　さっき出ていったのに、まだいたの？」
「あたし、ずっと家にいたよ！　今起きた……って、まさかっ」
　あたしは急いで嵐の部屋へ走っていく。
「やっぱり……」

もうっ、どういうつもり!?
　部屋には誰もいなくて、制服もクローゼットにかかったままだった。
　あたしは急いで嵐に電話をかける。
　……出ないし。
　そのあとすぐに、メールが届いた。
≪頼む！　今日も交代してくれ≫
　あたしはすぐに返信した。
≪なに言ってんの!?　さっさと帰ってきてよ!!　≫
≪今日のテストもよろしく。弥生ちゃんのイジメの件は、俺に任せろ≫
　なっ……。
　ってことは、またあたしに荻高に行けと!?
　冗談じゃない……。
　どうしようかと考えていると、もう１通メールが届いた。
≪学校行けよ！　乙葉の学校で、俺が暴れてもいーんだな？≫
　なに、この脅しメール。
　あの男なら、やりかねないよね……。
　そんなことになったら、あたし学校に行けなくなっちゃう。
　……仕方ない、荻高に行くか。
　こうして、あたしは今日もまた、嵐に変装することになった。
　この間と同じように、嵐の格好をする。
　……よし、完璧。

お母さんに気づかれないように、そっと家を出た。
　はぁ〜……こんなの見つかったら、頭がおかしくなったと思われちゃう。
　親だし、さすがにバレるよね!?
　でも嵐はバレなかったのか、すごい……。
　あぁ、もう９時過ぎてる。とっくに授業始まってるよ。
　それでも堂々と教室に入らなきゃダメなんだよね。
　あたしにできるかな？
　ビクビクしながら入っちゃいそう。
　いろんなことを考えながら、歩いていると……。
「よぉ、久しぶり」
「えっ……？」
　うしろから声をかけられた。
　明るい茶髪をガチガチに固めた威圧感のあるヘアスタイル。
　そんなひとりのヤンキーが、挑発的な目であたしを見ている。
　久しぶり……って。嵐の知り合いなのかな。
　キョトンとするあたしを見て、眉をひそめている。
「お前。荻高の桃谷だろ？」
「そーだけど……」
　ヤンキーの怪しい雰囲気に怯えつつ、とりあえずうなずいた。
「こないだの借り、返してやるよ」
　えっ!?

すると突然、ヤンキーのパンチが飛んできた。
「きゃっ!!」
あたしは思わず、その場にしゃがみこむ。
なっ……なに、なに!?
地面を這いつくばり、必死で逃げる。
「女みてぇな声、出してんじゃねぇっ!!」
今度は蹴りが飛んできた。
わぁっ!
近くに停まっていた車の陰にあわてて隠れる。
「逃げんな! こないだは一方的に仕掛けられたからな。勝ち逃げなんてさせるかよ」
しっ、知らないし!!
嵐、いったい、なにしたの!?
「ケンカは……もう、しないことに決めたから」
とりあえず、そんなことを言ってみる。
「あぁ!? ざけんな。やられっぱなしで終わるか!!」
ウソ〜!!
車の周りをグルグル回って必死で逃げるけど、すぐに追いつかれてしまった。
怖いよーっ!!
あたしはなすすべもなく、頭を抱えてうずくまった。
嵐のバカーッ!!
素行が悪すぎる嵐とマジメなあたしが入れ替わるなんて、最初からムリがあったんだ。
こんなことになるかもしれないって、あたしもどうして

気がつかなかったんだろう。
「なんだ、弱っちいな。こないだは、めちゃくちゃ強かったけどな。……ま、いっか。観念しろよ」
　頭上から、男の楽しそうな声が聞こえてくる。
「さ〜て、どうやって、かわいがってやろうか？」
　……あれっ、今度はまた別の男の声が聞こえてきた。
　もしかしてヤンキーがふたりいたってこと!?
　どっちにしても、絶体絶命!!
　泣きそうになっていると……。
「どうやってって……うわ、お前、誰だよ!!」
「あれ〜、俺のこと知らないのぉ？　それは残念なお知らせだな」
　……なになに？
　ヤンキー同士でしゃべっている。
　すぐに上を見ると……。
「とっ……虎ちゃん!?」
　なぜか、虎ちゃんがヤンキーを締めあげている。
　もう学校、始まってるよね？
　どうして、ここに!?
　パニくるあたしを横目に、虎ちゃんは笑顔でヤンキーの腕をねじっている。
「痛————っ!!」
「嵐〜。俺って知名度、低いな。こんな雑魚にも知られてないなんて」
「ちょっ……待て!!　ギャーッ、腕が折れる!!」

「よ〜く覚えとけよ？　荻高1のヤンキーは、桃谷嵐じゃなくて俺だから」
　虎ちゃんはどんどん力を入れていってるみたいで、ヤンキーの顔が痛みと恐怖に歪む。
　さすがにヤバいと思ったあたしは、虎ちゃんを止めに入った。
「虎ちゃん!!　それ以上やったらダメだよ」
「はぁ？　お前、コイツに殺されかけたんだけど？」
「殺すって、大げさな……」
　すると、虎ちゃんがある方向を顎で指す。
　見れば、ヤンキーの足もとにナイフが落ちていた。
　ゾゾ————ッ!!
　急に恐ろしくなってきた。
　足がガクガクして、立ってるのがやっと。
「嵐も嵐だから。売られたケンカは買えよ」
「そんなのダメだ……ケンカなんて、なにもいいことない。虎ちゃん、手を離してあげて……」
「……出た。また、説教嵐か」
　虎ちゃんはあきれた顔であたしを見たあと、ヤンキーをにらむ。
「お前、俺に許してほしい？」
「はいいっ……許してくださいっ!!」
　ヤンキーは地面に土下座をして、虎ちゃんに許しをこう。
「おーし。今度コイツに手ぇ出したら……わかってるよな？」
　虎ちゃんがヤンキーを足でグリグリやってる。

「わかってます!!　絶対にもうしません!!」
「嵐、これでいいか？　お前になんかしようってヤツは、俺がたたきつぶすから」
　満足そうに笑う虎ちゃんに、ドキドキ。
　あたしを守ってくれるような言葉に、ときめいてるあたしって……。
　これは、あたしに言ってるんじゃないんだよ？
　嵐に言ってるわけで……。
「今度からまちがえんなよ？　荻高のトップは、小田虎之助だから。他のヤツにも言っとけ」
「えええええっ!!　小田っ!?　……ひぃっ……」
「とりあえず、仕上げに少し殴っとくか？　今後、ヘタなマネできないよーに」
「ぎゃあぁぁーっ!!」
　ヤンキーはその場で腰を抜かしてしまった。
　あらら？
「助けて———っ!!」
　逃げようとしてるけど、虎ちゃんにあっさり押さえつけられ、ただその場でジタバタしている。
「さ〜て、どっからいこっかな〜」
　楽しそうな虎ちゃんに反して、ヤンキーは恐怖にふるえている。
「や……もぉ、マジですんません!!　俺がまちがってました!!　嵐くんからも頼んでくださいよぉ……」
　ヤンキーが半泣きになっている。

しかも、さっきまでケンカ売ってたあたしに媚を売ってくるから、ビックリしちゃう。
「虎ちゃん、もういいよね……反省してるみたいだし」
「最近、全然ケンカしてなくてさ〜。体なまってたから、ウォーミングアップにちょうどいーんだけど」
　虎ちゃんは楽しそうに指をポキポキと鳴らしている。
「荻高の小田さんといえば、ウチの学校でも有名です!!　売られたケンカは買う。だけど、自分からは絶対に仕掛けない。なかなかできることじゃないっすよね!?　尊敬するっす!!」
　ヤンキーは虎ちゃんにも媚びている。
「なんだ？　俺のことよく知ってるじゃん。だったら、これも知ってるよな？」
　虎ちゃんは、たまたま道に置いてあった三角コーンを肩に担いだ。
　……え、なにに使うの？
　ヤンキーは完全にビビっていて、もう声も出せないみたい。
「やるときは、徹底的にやるって……中途半端が嫌いなもんでね」
　虎ちゃんは、三角コーンの尖った方をヤンキーの喉もとにあてた。
「ひいぃ……」
「ちょっと虎ちゃん!!　やりすぎだよ。やめろって!!」
　うしろから制服を引っぱって、やめさせようと必死になるけど、虎ちゃんの力にあたしが勝てるわけがない。

「痛っ……」
　勢いあまって、あたしの体は地面へと投げだされる。
　ちょっとぉ……なに、コイツ。
　たかがヤンキーのイザコザで、なに本気になってんの!?
　あたしも負けじとすぐに立ちあがり、虎ちゃんに思いっきり体当たりした。
「うっわぁ……嵐、なにすんだテメー!!」
　虎ちゃんの体はヤンキーもろとも地面に崩れる。
「虎ちゃん、もうやめよう？　ケンカなんか、くだらないよ……こんなことして、なんの得があるの!?」
「べつに損得でやってるわけじゃねーけど？　殴ったらスカッとするしな～。こういう、いいチャンスを逃すわけには……」
「やめろよっ!!　ホントにくだらない……」
　あたしは虎ちゃんの襟首をつかみ、力いっぱい引っぱった。
　だけど逆に、虎ちゃんに押さえこまれてしまった。
　地面に仰向けに倒され、上から両手を押さえられる。
　どどっ、どうしよう！
　さすがに友達をシメたりしないよね!?
　押さえつけられた手首が痛くて、あたしは顔を歪めた。
「こないだ、お前の部屋でもそーだったけど、嵐が俺に手ぇあげるとか、百万年早いんだよ。力関係わかってる？」
　虎ちゃんがあたしの上に馬乗りになって、ニヤリと笑う。
「わっ……わかってるけど！　だけどケンカはやめようぜ!!
虎ちゃんが捕まったりしたら……ヤだし」

学校で窓を割ったときの、あの勢いで人を殴ったりしたら大変だよ。
　武器があれば、それだけキケンを伴（ともな）うし。
　虎ちゃんの力で三角コーンなんかで殴ったりしたら、それこそ大変なことになる。
「なに、お前……俺の心配してんの？」
「そ……そーだよ!!　虎ちゃんは、なんでもやりすぎなんだって!!　中途半端だって、べつにいーじゃん。そこでスッパリ止められる方が、カッコいいよ」
　もしかしたら、あたしの言うことなんて聞いてくれずに、お腹に一撃をくらうかもしれない。
　怖いけど……ここは、譲れない。
　今までのあたしなら、嵐が金属バットを持って夜出かけるのを見ても、あーまたやってる、ぐらいにしか思わなかった。
　だけど今は、他人事じゃない気がして。
　虎ちゃんは嵐の友達だし。
　あたしが嵐でいるうちに、できることを、今しておきたい。
　イヤなこと、面倒くさいことから、すぐに目をそらして生きてきたあたし。
　でも、そういう自分を変えたい。
　虎ちゃんがこんなに狂暴（きょうぼう）なのを、黙って見過ごすわけにはいかないよ……。
　こういう、めちゃくちゃな人は……きっと、いつか破滅（はめつ）する。

そうなってほしくないから……。
　なんだか、放っておけないの。
「カッコいいって……そんなんで俺がやめると思う？」
「そ……そーだけど。ほらっ、体がナマってるんなら俺が相手するし……」
「おー、そーか。嵐がコイツの代わりに殴られるってことかよ。じゃあ、遠慮なく？」
　えっ、そうじゃなくて！
「一緒にサッカーするとか、キャッチボールするとか……」
「はぁ？　なに言ってんの？　俺がそんなんで満足すると思う？」
　虎ちゃんは口の端をあげ、あたしの肩に手を置いて、グッと体重を乗せてきた。
「きゃあああっ!!」
　殴られるっ！
　あたしは虎ちゃんから顔をそむけ、ギュッと目を閉じた。
「うああああぁぁぁぁっ!!」
　──ポコンッ。
　あれっ？
　今叫んだのは、あたしじゃない。
　突然、叫び声が聞こえたかと思うと、あたしのおでこに軽い振動が。
　目を開けると、虎ちゃんがあたしを軽く小突いただけだった。
「あ～あ、お前のせいで逃げちゃったじゃん」

虎ちゃんは苦笑いしている。
どうやら、あのヤンキーが叫び声をあげながら逃げていったみたい。
そして虎ちゃんが、もう一度あたしのおでこを軽く小突いた。
「お前、今日どーしたの？　いつもならあんなヤツ、すぐ蹴散らすのに」
「……もう、ケンカはやめたんだ」
「へ〜……それって女のせい？」
　ハッ。
　そうだよ。この際、弥生ちゃんを理由にしちゃおう。
「そう……弥生ちゃんの彼氏になるからには、もう、あぶないことはやめよーかなって」
「なるほどねぇ」
　虎ちゃんは意味ありげに、あたしを上から下までじろじろと見てくる。
　……あたしが乙葉だとバレるんじゃないかって、ひやっとするけど、ここでひるむわけにはいかない。
　いつもなら、すぐに目をそらしちゃうところだけど……虎ちゃんをにらむように見あげた。
　そしたら、虎ちゃんの拳が目の前に飛んできた。
「わぁっ!!」
　一瞬、目をつぶったけど、拳は顔面にめりこむことなく、あたしの顔のすぐ手前で止まっていた。
「……お〜、やり返してこないんだ？　やっぱマジで言っ

てんだな」
　試しただけ!?
　びっ……くりしたぁ。
　動揺するけど、顔に出さないようになんとか平静(へいせい)を保つ。
「そうだよ、マジだよ」
「へぇ……」
　虎ちゃんは、ため息をつくかのように小さくつぶやくと、サッとあたしの上から飛びのいた。
「嵐は……すげぇな。なんでそんな風になれんの？　うらやましい」
「どういうこと？」
　虎ちゃんは、あたしの横にヤンキー座りをすると顔をのぞきこんでくる。
　ひゃあっ。
　顔が近いんだけど！
　焦るあたしなんておかまいなしで、苦笑いをする虎ちゃん。
「俺さー……乙葉に嫌われたかも」
「……え？」
「お前には、いつもの調子でいくなってエラそうなこと言ったくせに……自分は全然ダメ。いつもみたいにしゃべってたら、あっちがだんだん引いてくのがわかった」
　……ウソ。
　あたし、べつに引いてたつもりはなかったよ？
　虎ちゃんの話は楽しかったけど、はずかしくて目を合わせられなかっただけで……。

「そんなことない……」
「いや、そーなんだって。あ〜……ダメだな。今まで自分本位でいたから、あーいうお嬢タイプと、どう接していいのかわかんねぇよ」
「乙葉は、べつにお嬢なんかじゃ……」
「いいなって思えば思うほど、どうしたらいいかわかんなくなってさ。結局、土曜だって、途中で帰った。ホントはもっと一緒にいたかったのに、言えなかった」
　ドキッ……。
　そう……だったの？
　それならそうと、言ってくれればよかったのに……。
　あたしこそ、虎ちゃんに嫌われたんだと思ってた。
　でも……ちがったんだ。
「好きな女のために変われるって、すげーよ。俺も……嵐みたいになりたい」
「そんなこと……」
「こんな気持ち、はじめてでさ。デートから帰っても、ずっと乙葉のことが気になってる。アイツ、俺のこと、なんか言ってなかった？」
　虎ちゃんが、切なそうにあたしをじっと見つめてくる。
　ドキドキする……。
　なんだか信じられないよ。
　あんなにつまんなかったはずの、あたしのことがずっと気になってるなんて……あのチャラい虎ちゃんが？
　ウソでしょ……。

「乙葉は……」
「だ〜っ!! やっぱ、いい!! ボロクソ言われてそーだな。聞くのが怖いから、やっぱいいわ」
　虎ちゃんは耳をふさいで、あたしから顔をそむける。
　そんな虎ちゃんが、なんだかかわいく見えた。
「虎ちゃんがそんな風になんの、めずらしいよな……」
「そーなんだよな。女なんて、どれも同じだと思ってたけど……乙葉は、なんかちがう。こんなに相手の気持ちが気になったことなんか、今までなかった」
　またあたしの方に顔を向けたかと思うと、照れたように頭をかいている。
　……虎ちゃんでも、こんな風になることがあるんだ。
「へぇ〜……」
「ニヤけてんじゃねぇ」
　うわ、あたしニヤけてたの!?
　軽くお腹にジャブを打たれ、思わず飛びのいた。
「怖いなー、もう!!　友達を殴るなんて、ルール違反だから」
「なんのルールだよ。ったく、おかしなヤツだな……」
　虎ちゃんはフッと笑うと、立ちあがる。
「あ〜あ、学校行く気しねぇ」
「えっ!?　まだ2時間目に間に合うよ？」
「もぉ、どーでもいいわ。お前の恋バナでも聞いてやるよ」
「俺のは、たいしたことないから……」
「俺にも教えてくれよ〜。どうやったら乙葉を落とせんの？絶対、俺の女にするとか宣言しておきながら、あれはムリ

だわ」
「さすがの虎ちゃんも!?」
「だなー。なんかミステリアスすぎる。はじめて会った日はあんなに笑顔だったのに、昨日は冷たくてさー……ほとんど笑ってなかったな」
　ズキッ。
　あたし、昨日それなりに笑ってたはずなのに。
　弥生ちゃんが言うように、あたしがうれしいって思っても、あんまり伝わってないってことなの？
　虎ちゃんが好きになったのは嵐の乙葉で、ホントのあたしじゃないんだよね……。
　だからやっぱり、あたしのことが好きなわけじゃないのかも。
「乙葉は……」
　モゴモゴ言ってしまって、虎ちゃんが眉をひそめる。
「あん？　聞こえねぇ。もっとデカい声でしゃべってくれる？」
　嵐と入れ替わったことは言えないけど、あたしのことでショックを受けている虎ちゃんに、イヤがってたわけじゃないって伝えたい。
　無口なあたしをホントに受け入れてくれるの？
　笑われるかもしれないけど……こう言ってみようかな。
「乙葉は、実は二重人格なんだ……」
　学校でのあたしと家でのあたしは、たしかに別人。
　表現としては極端だけど、あながちウソじゃないよね。

「……はい？」
　あたしの発言に、虎ちゃんがキョトンとしている。
「ホントの乙葉は、土曜に虎ちゃんとデートした乙葉だよ。たまに、こないだみたくなるだけ」
「こないだみたく……って、はじめて会った日みたいにってことかよ」
「そう……。だけどその乙葉は、ほとんど出てこないから。普段は、冷めてて暗くてマジメな乙葉なんだ」
「ほえ……」
　相変わらず虎ちゃんは、事実を把握できていないみたい。
　まぁ、事実じゃないから当然なんだけど。
「……だったら、あれか。深層心理が、たまに出てくる乙葉なわけ？」
「えっ？　さ……さぁ、どうかな……」
「もしかして乙葉って、すげぇシャイ？　ホントはうれしいくせに、それを出すのが苦手っていうか。おい、乙葉は……俺のこと、なんて言ってた？　ホントのこと、言ってくれよ」
　虎ちゃんが、あたしをじっと見つめてくる。
　トクトク、トクトク……。
　なぜだか、心臓が早鐘のように鳴り響く。
「乙葉は……」
　あたし、虎ちゃんなんか苦手だし、こんなキケンでチャラいヤツ、絶対にごめんだよ。
　そう思うのに……すんなり拒絶することが、できない。

「虎ちゃんとのデート、後悔してた……」
　あたしの言葉に、虎ちゃんはガックリと肩を落とす。
「やっぱ……そっか。だよな？　ヤンキーなんて冗談じゃねぇって感じだった。あー……そっか。完全に、フラれたな」
　ヤンキー座りのまま、ため息をつく。
「後悔……してたよ。ホントは楽しかったのに、うまく笑えなくて、気の利いた会話もできなくて……だから虎ちゃんが、楽しくなくて帰っちゃったんだって……」
「……え？」
　虎ちゃんはいきなり顔をあげたかと思うと、あたしの首をつかんできた。
「おいっ、嵐!!　今の、マジ？」
「うううぅっ、苦しい!!　やめて〜、虎ちゃん!!」
　本気で首、締められてますから!!
「お前、それ早く言え！」
　虎ちゃんはそう叫ぶと、道なりにまっすぐ猛ダッシュしていった。
　あたしはそれをボーッと見ていた。
　あれっ……。
　虎ちゃん？
　……ちょっと待った。
　もしかしてっ!!
　あたしは急いで、嵐のケータイを鳴らした。

乙葉にチェンジ！

　……アイツ、また出ない。
　しばらくして気がついた。
　そっか、今って授業中……。
　どうする？
　虎ちゃんなら、授業中でも教室に入っていきそうだよね。
　話の流れからいくと、虎ちゃんはきっと花華女子に向かったはず。
　嵐に電話をかけながら、あたしは学校までの道を急ぐ。
　……あ。
　月曜の２時間目って、体育!?
　ってことは……。
　学校に到着し、裏口に回る。
　花華女子の敷地は広いから、裏口の方があたしの教室に断然近い。
　そのことを知らない虎ちゃんより、きっと先に入れたはず。
　先生や生徒に見つからないように周りを確認しながら、急いで自分の教室へと向かった。
　ウチのクラスには誰もいない。
　机の上には、体操服に着替えたあとの制服が置いてある。
　あたしは自分の席へ急ぐ。
　……あった、あたしの制服。
　もしかして嵐……ここで着替えたの!?

やるなぁ……って、こんなのチカン同然だし!
　やっぱりエロ男の考えることは、理解できない。
　妹として頭が痛くなってくるけど、今はそんなことにかまってるヒマはない。
　あたしはすぐに自分の制服に着替えて、荻高の制服とウィッグを自分のカバンにつめこんだ。
　横に分けていた前髪は、すっかりくせがついてしまってまっすぐにおろすことができない。
　……まぁ、いっか。
　メガネも嵐がかけていってるから、とりあえずナシってことで。
　教室の窓からなにげなく校門の方を見てみると……。
　あーっ!
　虎ちゃん、なにやってんの!?
　完全に閉まっている校門を、こじ開けようと前後に揺らしている。
　そしてあきらめたのか、上を見たかと思ったとたん……。
　門に足をかけて、軽々とよじ登り、あっという間に門を飛びこえてしまった。
　所要時間、数秒……。
　あまりに華麗なその動きに、あたしは見とれてしまっていた。
　って、見とれてる場合じゃないっ!
　あたしはすぐに教室を飛び出した。
　校門から、どのルートで教室を探そうとしてる?

いくらなんでも、昇降口からは入ってこないよね。
ううん、正門から来るぐらいだから、普通に入ってくるかも。
虎ちゃんの動きが予想できないけど、とりあえず昇降口に向かって全力疾走！
間に合え、あたし!!
先生に見つかったら、怒られるぐらいじゃ済まないよ!?
最悪、不法侵入で警察に突きだされるかも……。
とにかく、虎ちゃんを止めなきゃ！
昇降口に到着すると、そこに虎ちゃんはいなかった。
……遅かった!?
それか、ちがうルートで中に入ろうとしてるか。
そのとき、あたしがおりてきたのとは別の階段から、靴の擦れる音が聞こえてきた。
いた!!
しかも、土足!?
あたしは猛ダッシュで階段を駆けあがる。
「虎ちゃんっ!!」
気づいたときには、叫んでいた。
すると、しばらくして上から誰かがおりてくる音が聞こえてきた。
「え……なんでいんの？」
あたしの前には、驚いた顔をした虎ちゃんが。
「なんで……って、それはあたしが聞きたいよ!!　学校に、勝手に入っちゃダメだよ！」

「すげぇ、どんな偶然!?　俺が学校に来てるってわかって、しかも、ここまで俺に会いにきてくれた?」
　虎ちゃんは、めちゃくちゃまぶしい笑顔でそんなことを言ってくる。
「なんでそーなるの!　あたしは、ただ……」
「ただ、なんだよ?」
　余裕たっぷりの笑みを向け、階段を一段ずつおりてくる。
　その足が一歩あたしに近づくたび、ドキドキと鼓動が激しくなっていくのを感じた。
「ややこしーことは、抜きにしよーぜ。嵐に聞いた。俺にまた会いたいって言ってたって?」
「ええっ!?　そんなこと言った覚えないけど?」
　なんで、そうなるの～!?
「おっかしいな～。嵐が言ってたけど?　乙葉はどう見ても俺のことが好きだって」
「は……はぁ!?」
　話が飛躍しすぎだし!
　あたし、さっきそんなこと言ってないよね!?
「素直になれって。俺が好きなら、そう言えよ」
「ちっ、ちがうっ……う、わ」
　虎ちゃんが迫ってきて、思わずのけぞったら階段から落ちそうになった。
　そんなあたしを、虎ちゃんがすぐに抱きとめてくれる。
「乙葉、好きだよ」
　は……はぁ!?

もう、「はぁ？」しか言えない。
　目の前で、とびきり甘い顔をしているこの人は、誰ですか!?
　こんな虎ちゃん、あたしは知らない！
「好きって言われても……」
　顔をそむけ口ごもっていると、虎ちゃんがニッコリと笑う。
「二重人格？　なんか嵐がわかんねぇこと言ってたな」
「そっ、そーなの。いろんなあたしがいて」
　適当に言っただけなのに、やっぱり本気にしてくれたんだ？
「今の乙葉は、どの乙葉？」
「……えっ」
「俺を嫌いな乙葉？　それとも……」
　軽く目を細め、長いまつ毛が顔に影を落とす。
　キャー、なに、この感じ！
　なんだか色気たっぷりな瞳であたしを魅了(みりょう)する、そんな虎ちゃんにドッキドキ！
　初めて感じる感覚に、あたしは身動きひとつ取れなくなってしまった……。
　胸の奥が熱くて、ドキドキが止まらない。この気持ちの正体は……。
「好……」
　あたしが薄く唇を開いたとき、階段の上から人の声がした。
「そこで、なにをやってるの!?」
　……ひいーっ!!

あたしはビックリしすぎて、思わず虎ちゃんにしがみついてしまった。
　当然のことながら、怖いものナシの虎ちゃんはビビるはずもなく。
　普通に言い返してる。
「今、いーところなんだよ!!　ジャマすんな」
　吐き捨てるように言うと、またあたしを見つめてきた。
「乙葉は……?　俺のこと、どう思ってる?」
　見つめられてドキドキが加速する……って、そんなこと言ってる場合じゃないっ!
　上からおりて声をかけてきたのは……なんと、体操着姿の大塚さんだった!
　ウソ……体育館にいるんじゃなかったの!?
　どうして、ここに!?
　ビビリすぎて、逃げることすらできないあたしの手を、虎ちゃんがギュッと握ってくる。
　落ちつきのないあたしに対して、虎ちゃんはいたってマイペース。大塚さんが現れたことを、気にも留めていない。
　そんな虎ちゃんを見ていると、なんだかふたりだけの世界にいるような気さえしてくる。
　きっと、あたしのこの気持ちは……今までモテたことがないから、浮かれてるだけ。
　虎ちゃんの熱い眼差しに、流されちゃダメだよ。
「なぁ、乙葉……」
　小声でささやく虎ちゃんにドキドキしていると……。

「あらっ……もしかして、小田くん!?」
 怒り心頭!って感じだった大塚さんの声が一瞬、裏返った。
 そして般若のような顔が突然、乙女の顔に変わる。
 名前を呼ばれたことで、虎ちゃんもやっと大塚さんの存在に気がついた。
「おっ、お前……」
 虎ちゃんは、「あっ」というような顔をしたけど、すぐに軽く舌打ちをした。
「名前なんだっけ」ってつぶやいてる虎ちゃんの声は、大塚さんには届いていないと思う。
「どうしたの〜!?　……あっ!　もしかして、もしかして、あたしを探してた?」
 大塚さんは、クラスでは見せたことのない照れ顔でハニカむ。
 あきらかに不審者なのに歓迎してしまう、この恐るべきプラス思考にビックリしちゃう。
「いや、べつにそーいう用事で来たわけじゃねぇから」
「そうなの?　……あっ」
 大塚さんの視線が、今さらのようにあたしに向けられる。
 いつものような射るような視線に、あたしはすくみあがった。
 ヤバーい!
 あたし今、体育館にいるはずなのに!　バレたら大変なことになる!
 すぐに逃げなきゃ!

って思っていたら、大塚さんがゆっくりと口を開いた。
「その子……」
　あああ、早く逃げなきゃ！
　なのに、蛇にらまれたカエルのように動けない。
　大塚さんが怖いよ……。
　あたしはただ床を見つめ、固まっていた。
「もしかして、小田くんの妹!?　全然、似てないのね」
　……へっ!?
　妹……？
　幸か不幸か、大塚さんのカンちがいに感謝！
　あたしだって、わかってない！
　メガネかけてないからかな？
「わかった、妹さんの忘れ物を届けにきたのね！　あなた１年よね？　今は授業中よ。早く戻らないと、先生に見つかるわよ」
　お姉さんぶった感じでクスッと笑う大塚さん。
　こんな風に優しく話しかけてもらったことなんて、学校では一度もない。
「小田くん、全然メールの返事くれないね……あたし、もしかして嫌われてる？」
　……うわぁ、ストレートに聞くんだ!?
　聞いてるあたしがドキドキしちゃう！
「あー……最近、忙しくて。つか、メールとか超苦手。ほとんど返事ないと思ってて」
　虎ちゃんのことだからバッサリ切るのかと思ったら、意

外にもそうじゃなかった。
　それに、連絡先消したって言ってたよね。
　意外すぎるその返事に、面食らっていると。
「そーなんだぁ……。忙(いそが)しいんだ……」
　さびしそうに笑う大塚さんは、遠まわしに断られたことを察したのかどうか、視線を床に落とした。
「それでも……また、連絡してもいいかな」
　気弱そうな顔で、虎ちゃんに聞いている。
「んー、多分、返事しないよ？」
　虎ちゃんは薄く笑うと、軽く床を蹴る。
「それでも……たまに、気が向いたらでいいから……返事もらえないかな」
　控えめだけど、全然引(ひ)かない大塚さんに驚いちゃう。
　こういうところは、さすがだね。
「わかんね」
　虎ちゃんは軽く笑うと、あたしの背中を軽く押した。
　早くここを立ち去ろうってことだよね。
　虎ちゃんの返事に、悲しそうな表情を浮かべる大塚さん。
　ふたりのやりとりを見て、あたしの胸はなんだかモヤッとする。
　虎ちゃんは、やっぱりハッキリ断らないんだ？
　どうして……。
「小田くん、また会ってほしい……今度は、合コンじゃなくてふたりっきりで。ダメかな!?」
　切ない表情を浮かべ、決死の告白をする大塚さん。

そんな大塚さんを見て、虎ちゃんはクスリと笑う。
「……ふたりっきりで会うって、どーいうことかわかってる?」
ドキッ。
妖しげに笑う虎ちゃんを見て、あたしが言われたわけじゃないのに、ドキドキしてしまう。
「わ……わかってるつもり」
大塚さんは、耳までまっ赤になっている。
いつもキツい顔をした大塚さんしか知らないから、こんなはずかしそうな顔をしているのを見るのは、はじめて。
すごい……。
もし好きな人に言いたいことがあっても、あたしはこんな風にできない。
大塚さんのことは苦手だけど、こういうところは尊敬するよ。
「ふうん。考えとく」
虎ちゃんはそれだけ言うと、あたしの背中を強めに押した。
押されるがままに歩くけど、胸がズキズキと痛んで苦しい。
考えとくってことは、大塚さんとまた会うってことだよね?
そうなんだ……。
ふたりとも黙ったまま、校舎の裏まで歩く。
虎ちゃんのさっきの告白は、なんだったのかな。
もしかして、あたしだまされてる?
……だよね、最初からチャラいのはわかってたじゃない。

なのにあたしは、なにを期待していたの？
「乙葉」
「……えっ？」
「このまま俺と帰る？　それとも学校にいる？」
　そっ、そうだ。
　体育が終わったタイミングで、嵐と交代しないと。
「あたしはここに残る」
「……そか」
「待って」
　帰ろうとする虎ちゃんを、思わず引き止めていた。
「なに？」
「え……と、その、大塚さんと……会うの？」
「さあ？　わかんねー。気が向いたら会うかも」
「そうなんだ……」
　胸がギュッと痛くなる。
　この痛みの正体がなんなのか、あたしは薄々気づいている。
　だけど、それを言葉にしてしまうのが怖い。
「じゃーな。また」
　虎ちゃんがそのまま帰ろうとしたから、あたしはその制服の裾を引っぱった。
「あたしを好きって言ったのは？　それなのに、大塚さんと会うの？」
　こんなこと、聞いたって仕方のないこと。
　それでも……確かめずにはいられなかった。
「会っちゃダメなわけ？」

「ダメっていうか……。虎ちゃんって、そーいう人なのかなって……チャラすぎる」
「そーだなー……乙葉がイヤだっていうんなら、やめるけど」
　虎ちゃんは、含み笑いをしながらあたしを見てくる。
　も……もしかして、あたし試されてる!?
　一気に心臓がバクバクしてきた。
「イヤっていうか……」
「今すぐ、ここで答え出せよ」
　虎ちゃんに見つめられ、身動きひとつできなくなる。
　あたしの答えは……。
「べ……べつに、会えばいーんじゃないかな……」
　その答えに、虎ちゃんはノーリアクションだった。
　もっと驚いたり、くやしがったりするのかと思ったのに。
「わかった」
　そう言い残すと、虎ちゃんはあっという間にあたしの前から姿を消した。
　それは、あまりに一瞬のことで。
　あたしはずっとここに、ひとりでいたんじゃないかって気さえしてくる。
　それほど……今、自分になにが起きたのかを、あたしは理解できないでいた。

新たな誤解

　しばらくボーッとしていたけど、ハッと我に返った。
　そうだ……早くしないと体育が終わっちゃう！
　急いで教室に戻った……ら。
　ウッソ！
　教室には、すでに何人かの女子が戻ってきていた。
　授業が早く終わったみたいで、それならさっき大塚さんが戻ってきていたのも納得できる。
　ヤバーい！　どうしよう……。
　幸い、嵐はまだ戻ってきていないみたい。
　あたしは急いでバッグを取りに自分の席へ。
　中身が見えないように、バッグを抱えて教室を出ようとした、そのとき。
「あらっ、あなた……」
　キャーッ！
　あたしってば、超運が悪い！
　よりによって、大塚さんと鉢合わせしてしまった。
「どうしてここに？　しかも、それ……桃谷さんのバッグ」
　ギャッ！
　目印にと、バカでかいマスコットをつけてたのが災いした。
　あたしはうしろ手にバッグを隠す。
　でも、もう遅い。
　よし……こうなったら仕方ない。

ここで、カミングアウトするしかない!?
　そう思っていたら……。
　向こうから弥生ちゃんと嵐が、仲よさそうに歩いてくるのが見えた。
　ヤ……バ!!
　あたしは顔を隠して廊下を走り、弥生ちゃんのとなりにいる嵐の腕を引っぱった。
「桃谷さん、先生が呼んでたよ!　こっちに来て」
　不自然だけど、弥生ちゃんから顔をそむけ、用事があるようなフリをして嵐を連れて空き教室に飛びこんだ。
「お前っ!!　なんで、ここにいんだよ」
「ちょっと、いろいろと事情があって……ごめん、すぐに入れ替わって?」
「はぁ!?」
「メガネ返して」
　あたしは嵐からメガネを奪い取った。
　そして、前髪をまっすぐにおろす。
「ちょ……待てって。じゃー、俺はどうすれば」
「とりあえず、そのまま学校の外に出て、それから考えて?」
　あたしは嵐にバッグを押しつけ、自分はすぐに教室に戻った。
　きっと怒ってるだろうけど、今はもう、こうすることしか思い浮かばなくて。
　っていうよりも、あたしはもう、嵐の格好をする気にはなれなかったんだ。

入れ替わると、虎ちゃんと一緒に過ごしたことを思い出しそうで怖い。
　あたしとは無縁の人だってわかってるのに……気になっている自分がイヤ。
　嵐になって偽りの自分を演じるのは……もう終わりにしたいんだ。
　教室に戻ると、弥生ちゃんがあたしの方にやってきた。
「あれっ……乙葉ちゃん、いつ着替えたの!?」
「んっ!?　あぁ……あたしのカバン、空き教室に置いてたの」
　なんて適当なことを言ったら。
「あたしのカバン、そこになかった？」
　不安そうに弥生ちゃんがつぶやく。
「なかったよ？　……どうして？」
「カバンがないの……あたしの制服、どこかに行っちゃった……」
「弥生ちゃんのカバン!?」
　あたし、もしかしてまちがえて弥生ちゃんのカバンを持っていった？
　って思ったけど、カバンについていたマスコットはあたしのだし、そんなわけないか。
　教室の中を隅々まで探すけど、弥生ちゃんのカバンは出てこず。
　結局、弥生ちゃんは体操着のまま授業を受けることになった。

弥生ちゃんは人を疑ったりしないけど、あたしはもしかして……と思いはじめていた。
　あたしが制服に着替えたあと、すぐに大塚さんが現れた。
　もしかして、誰もいない教室で……大塚さんが弥生ちゃんのカバンを?
　疑いはじめたら、もう止まらない。

　その疑問は、帰る頃には確信に変わっていた。
　すべての授業が終わり、放課後になって弥生ちゃんが職員室に呼ばれた。
　先生から告げられたのは、カバンが見つかったということだった。
　結局、体育倉庫の中にあったらしい。
　弥生ちゃんは素直に見つかったことを喜んでいたけど、あたしはなんだか腹の虫がおさまらなかった。
「弥生ちゃん……犯人は、大塚さんじゃないのかな」
　思いきってそう言うと、弥生ちゃんは大きく首を横に振った。
「そんなことないよ。大塚さんだって、まさかそんなことまでしないよ……。きっと、誰かがまちがえてあたしのカバンを……」
　ピュアで、人を疑うことを知らない弥生ちゃん。
　イジワルしてくる大塚さんでさえ、かばうの?
「あたしが確かめてくる……弥生ちゃんは、もう家に帰っていいから。また、連絡するね」

「乙葉ちゃん!?　どこに行くの？　あたしも……」
「いいの。あたしだけで行った方が、大塚さんも素直になるかも」
「そんな……」
「大丈夫。あたしには、とっておきの秘策があるから」
　そんなあたしの言葉に、弥生ちゃんはただハテナマークを頭に浮かべているみたいだった。
　あたしの秘策とは……。
　メガネを外し、前髪を横に分ける。
　もう、それだけで虎ちゃんの妹？のできあがり！
　大塚さんがカンちがいしてくれている間だけ、この方法が使えそうだよね。
　あたしは急いで教室に戻り、ちょうど帰ろうとしていた大塚さんを呼びとめた。
「大塚さん！」
「なによ」
　キッとにらまれ、一気にイヤな気持ちになって萎縮してしまいそうになる。
　逃げたくなったけど、あたしは今は、虎ちゃんの妹なんだ……そう思いこむことで、なんとか耐えることができた。
　あたしを見ると、大塚さんは少しだけ表情をやわらげる。
　あたしのこと、思い出したのかな？
「小田くんの……妹さん？」
「はい……」
　この際、ウソついちゃえ！

ドキドキするけど、信じてるみたいだから、このまま突き通そう。
　大塚さんの表情は、急にやわらかいものに変わる。
　どうして相手によって、ここまで態度を変えられるのか、不思議。
　まぁ……そういうあたしも、ちがう人になりきったら普通に大塚さんと話せるから、同じようなもんなんだけど。
「急いでるので、単刀直入に聞きます」
「どうしたの？　そんな怖い顔して……お兄さんとのことなら……」
「弥生ちゃんのカバンを隠したのって、大塚さんでしょ？」
　まさか、あたしがそんなことを言うなんて思っていなかったみたいで、大塚さんの顔色が一気に青くなった。
「なんの話？　あたしは知らな……」
「あたし、あの少し前に体育倉庫から逃げる女の人を見たの。大塚さんに、よく似てた」
　実際に見たわけじゃないけど、ハッタリで言ってみる。
「冗談じゃないわよ、なんであたしが、そんなこと……」
　必死で弁解しようとしている大塚さん。
　すると、そのとなりにいたウチのクラスの子が、不審な目で大塚さんを見はじめた。
「まさか……」
「ちょっと、ちがうってば。するわけないし。あたしのこと疑ってる!?　意味わかんない」
「大塚さん、弥生ちゃんのことムカつくからって無視した

りして、イジメのターゲットにしてたよね……ノッてたあたしたちも悪いけど、カバンを隠すのはちょっとやりすぎじゃない？」
　周りの子も疑いの目で大塚さんを見はじめる。
「してないってば!!　ちょっとアンタ、どういうつもり!?　なんの言いがかり……」
「うるさいっ!!　いつも人を見下したような目で見てきて、ムカつくんだよ!!　なのに、虎ちゃんの前ではデレデレしやがって!!　アンタみたいなヤツが、一番嫌い!!　大っ嫌い!!」
　あたしは思わず、大声で叫んでいた。
　これには、大塚さんはじめ、他の子もかなり驚いていた。
　今まで、言いたくても言えなかったこと……。
　ホントなら、乙葉の姿で言いたかったけど……ビビりのあたしには、これで精いっぱい。
　だけどあたしの胸は、なんだかスッキリしていた。

　そのまま言い逃げして、家まで帰ってきた。
　あのあと大塚さんがどんな顔をしてたのかは、わからないけど、もういいんだ。
　——コンコン。
　自分の部屋で宿題をしていると、部屋のドアがノックされた。
　どうせ、嵐だよね。
「はーい……、あーもぉ嵐、勝手に入ってこないでよねー」

宿題に夢中のあたしは、机に向かったまま目を離さないでそう言った。
　英文を書いていると、ノートに添えている左手の横に、男物の腕時計をした手が置かれた。
　……あれっ、嵐……時計なんてしてたっけ？
　そう思って、バッと振り向くと。
「とっ……虎っ……」
　あたしの真横に、虎ちゃんが立っていた。
「乙葉、もういい？」
　にこやかに笑ってるけど、全然、意味がわかんないからっ!!
「なんの話!?」
「嵐がな、乙葉が宿題してるときは部屋に入るなっつってたけど……俺が来たから、もうやめてくんない？」
「は……はいいいっ!?」
　話が唐突すぎて、ついていけない！
　っていうか、今日ケンカ別れしなかった!?
　あたしの中では、虎ちゃんはあたしにあきれて、もうかわってこない予定で……。
　それで大塚さんに心変わりして……の、はずだった。
「なんでいるの!?」
「んあ？　いたら悪いか？」
　なぜか逆ギレしてるし！
　あたしは宿題をまとめ、無言で虎ちゃんとは反対の方向を向く。

「乙葉ぁ〜。こっち向けよ」
　虎ちゃんは机の上に上半身を乗せ、あたしの顔をのぞきこもうとする。
　あぁ……どうしよう、またこのペースに巻きこまれそう……。
「宿題、宿題……」
　あたしは机から離れ、ちがう部屋に行こうとした。
　そしたら、いきなり虎ちゃんにうしろから引っぱられる。
　勢いあまって、あたしは教科書を抱えたままベッドの上に転がった。
　すぐに、虎ちゃんが上に飛び乗ってくる。
「ひいいっ!!」
「そんな、バケモン見たような顔すんなよなぁ〜。傷つくぞ？」
　スネるどころか、逆にうれしそうな虎ちゃん。
　全然、傷ついてる人の顔じゃないしっ！
「ちょっと……どいて」
　虎ちゃんの手をバシバシとたたくけど、効果ナシ。
「乙葉、俺の顔見ろって。つか、お前、家ではメガネかけてんのな。かわいい」
　虎ちゃんの言葉に、頭が一瞬フリーズした。
　そうだ、あたし……いつもどおりだ。
　重たく前髪をおろして、メガネをかけて。
　それなのに、どうして違和感なく接してくるの？
　しかも、そんなあたしのことを、かわいいだなんて！

今のは絶対に、聞きまちがい。
　あたしは虎ちゃんから逃げるように、顔をそむける。
「メガネかー、新鮮だな。ちょっと貸して」
「ええっ!?」
　虎ちゃんはあたしからあっさりとメガネを奪うと、すぐに自分の鼻にのせた。
「どう？　似合う？」
　そう言って笑う虎ちゃんは……くやしいけど、殺人級にカッコよかった！
「全然……」
　心にもないことを言うあたし。
「乙葉、キッツ〜」
　ヘラッと笑いながら、メガネを外している。
　虎ちゃんみたいなイケメンは、なにやっても似合うからズルい。
　だけど、それを認めたくないあたしがいる。
　どうしよう……。
　ダサダサのあたしを見られてしまった。
　服だって、小学生のときから着てるＴシャツだし。
　こんなあたしを見せたくないっていう嵐が、よく虎ちゃんが家に入るのを許したよね。
「あんま、度入ってないんだな」
　そう言って虎ちゃんは、あたしにメガネをかけてくれる。
　黙ってうなずくあたし。
　……これじゃ、デートのときと同じ。

このまま黙ってれば、虎ちゃんは元気をなくして帰るのかな。
「やっぱ、メガネのが似合うな……」
「……えっ、ホントに？」
　これには、さすがのあたしも動揺を隠せなかった。
「あ、言いまちがえた。このメガネは乙葉の方が似合うな、だった」
「なっ……」
　なんだ、そういうことね。
　だけど、再び驚くことが。
「嫌いじゃないよ」
「え……」
「メガネかけた女、嫌いじゃない」
　ドキッ。
　虎ちゃんは、前髪で隠れたあたしの額に手を置いて、指でそっと髪をよける。
　そして、あたしの額に顔を寄せてきた。
　ドキドキドキッ!!
　緊張しすぎて動けない。
　あたし……避けなきゃ。
　頭ではそう思うのに、虎ちゃんの熱い眼差しに釘づけ。
　顔がどんどん近づいて、視界が虎ちゃんでいっぱいになる。
　『かわいい』なんて、いろんな子に言ってるんだ。
　そんなのわかってるのに、うれしくて仕方がない。
　だけど、それとこれは別。

いよいよ唇が触れそうになった瞬間、反射的に顔を横へそむけた。
「やっ……」
「避けんなよ」
　虎ちゃんは唇を尖らせて、若干、不服そう。
「だって……あたし、付き合うって言ってない……大塚さんとのことだってあるし」
「じゃあ、全部解決したら俺と付き合う？」
「それは……」
　虎ちゃんのこと、ホントは気になってる。
　だけど、ホントのあたしを好きになってもらえるのかなとか、チャラいし、すぐにフラれちゃうんじゃないのかなとか。
　そんなことが、頭の中をグルグルと駆けめぐる。
「虎ちゃん……チャラいもん」
「だったら、今日からマジメになる」
「今日から!?　そんなの信用できないよ」
「信じろよ」
　じっと見つめられて、ドキドキが増していく。
　どうしよう……信じてもいいのかな。
　そんなとき、あたしの部屋に嵐が入ってきた。
「乙葉、虎ちゃん見なかった？　……って、えええぇ——っ!!」
　嵐は顎が外れそうなぐらい、驚いている。
　だよね、あたし襲われてそうな体勢だし。
　てっきり、助けてくれるのかと思ったら。

「乙葉!? メガネと前髪どーにかしろ!!」
　そこなの!?
　間髪入れずに叫んだのは、そんなことだった。
　嵐の気に入らない、イケてないあたし。
　そんな姿を、虎ちゃんに見せたくなかったってことだよね。
　あたしみたいなのが妹だなんて、思われたくないって……。
「虎ちゃん!　俺、乙葉の部屋に入るなって言ったよな!? なんで勝手なことするんだよ!!」
　そして、今度は虎ちゃんにキレている。
「……はぁ?　俺の勝手だろーが」
　虎ちゃんはベッドからおりると、嵐につかみかかっていった。
　……うっそぉ!
　あっという間に、嵐は虎ちゃんによって倒されてしまう。
　早っ!!
「今後いっさい、俺に指図すんなよ」
「はい……すんませんでした」
　あっさり降参してるし!
　嵐、弱っ!!
　事の成り行きを黙って見ていたあたしを、嵐がにらんでくる。
「乙葉、早く」
　あたしにメガネ取れって言ってるんだよね。
　わかったよ……取ればいいんでしょ?
　言われたとおり、メガネを取って机の上に置き、前髪を

横に流す。
　……重く垂れさがった前髪が、あたしの悪いところをすべて隠してくれているような気がしていたから、前髪がないと裸にされたようで、やっぱり落ちつかない……。
　目線をあげられず、視線を床に落としていたら。
「自然でいーから」
　……え。
　虎ちゃんがあたしを見て笑っている。
「家にいるときぐらい、楽な格好の方がいいよな？　俺だって、家に帰ったらパンツしか穿いてねーから」
「え」
　自然体でいいって言ってくれたのはうれしいけど、パンツ1枚って！
「風呂入ったら髪もボサボサだし、学校行くまでめっちゃ適当」
　そうなんだ……。
　今は、ワックスで軽くアレンジしてあって、すごくカッコいい。
　制服もうまく着こなしていて、完璧に見える虎ちゃんでも、家ではそうなんだね。
　あたしと少し似たところがあるような気がして、なんだかホッとした。
　だけどあたし、外に出るときもさっきの姿だから。
　そういうあたしは、いっつも気を抜いてるってことになるのかな。

「嵐は周りを気にしすぎ。コイツ、男同士のときでも髪がハネてるとかなんとか、うっせーからな。小せーんだよ、テメーは」
　プッ！　たしかにそうかも。
　嵐って、ちょっとコンビニに行くのにも、ジャージでは出られないタイプ。
　寝ぐせなんてついてたら、なおさら。
　ちゃんとセットするまで、一歩も外に出られないんだ。
　顔は似ているけど、こういう性格はあたしとはちがうな。
「今度、乙葉にエラそーな口きいたら、わかってんだろーな」
　嵐は虎ちゃんに軽くどつかれている。
「俺の妹だろー」
「うっせぇ。その前に、俺の女だから」
　自信満々に言ってるけど……あたし、まだＯＫしてないから。
　そう思いつつ、あたしはそのやりとりを、ただ眺めていた。
　そしたら。
「他人事みたいな顔してんなよ！」
　笑顔の虎ちゃんが、あたしにクッションを投げつけてきた。
「きゃっ……だって、あたしは関係ないし……」
「お前の話をしてんだろ？　関係ないとか言うなよ。それに、お前の気持ち、ちゃんと聞かせて。マジで俺のこと嫌ってんなら、すぐ帰るし」
　……どうしよう。

……大っ嫌いってわけじゃない。
　だけど、好きっていうには気持ちが足りない。
　明るくてコロコロ変わる表情や、いいかげんっぽいけど、実は頼もしいところとか。
　虎ちゃんがいると、あたしの周りの空気が変わる。
　それは、イヤな風じゃなくて、とってもいい方に。
　だから、"気になる"っていう言葉が一番、正しいのかもしれない。
「ほら、嵐は出てけ」
「痛っ！」
　虎ちゃんは嵐を足で蹴ると、あたしの方へ飛んできた。
　嵐はブツブツ言いながら部屋を出ていく。
　扉が閉まるのを確認したあと、虎ちゃんがあたしの顔をのぞきこんでくる。
「なぁ……聞かせて？　俺のこと、どう思ってんのか」
　ドキッ!!
　断られるなんてみじんも思ってもいないような、余裕たっぷりの表情。
　だよね。
　モテそうな虎ちゃんを、今までフった女の子なんて、いなかったんじゃないかな。
　だからこそその自信なんだと思う。
「どうって……」
「乙葉は、なにが引っかかってる？　俺が強引すぎるから？　それとも……」

「……虎ちゃんは、あたしのどこが好きなの？」
「全部」
　そんなニッコリして言われても、冗談にしかとれないよ。
「合コンで、大塚さんに……キス、したよね。あんな風に、いつも他の子にも接するんでしょ？　そういう軽い気持ちで来られても……あたし、ムリだから」
　ノリでやったんだってわかってても、あんなのありえないし。
　そういうことを普通にやってのける虎ちゃんとあたしって、かなり異色の組み合わせだよね？
　やっぱり、合わないよ。
「キス？」
　虎ちゃんは、キョトンとしている。
　ウソ……。
　キスしたことさえ、覚えてないってこと？
「覚えてないの？」
「あ〜……覚えてるけど。だけど、あれは……」
「大塚さん、きっと本気にしたよ!?　あんなところで、あんなこと……」
「…………」
「キスって、好きな人とするものだもん。されたってことは、想われてるって思うし」
「……そっか」
　わかってるのかどうか、虎ちゃんは首をひねりながら頭をポリポリとかいている。

「あれやるとさ～、みんな喜ぶから。完全なノリ」
「……そーなんだ」
　ノリでキスできるところが、もう信じられない。
「でも、もうしない。これでいい？」
　うっ……。
　そんな子供みたいなキラキラした目で見ないでよ。
　それに、チャラい虎ちゃんが言っても、あんまり説得力がない。
「今日からしません。だからいい？って、都合よすぎないかな……」
　あたしもつい、イジワルを言ってしまう。
「どうしたら、信じてもらえんのかな～……」
「そんなの、あたしが聞きたいよ」
　どうすれば、虎ちゃんを信じられるのか。
「謝ってくっか！」
「……え？」
「あの女に、謝ってくる。大塚だっけ？　アイツに直接会って、乙葉が好きだって言う」
「えーっ!!　それはやめて！　そこまでは、いーから」
　そんなことされたら、明日から学校に行けない！
　大塚さんに妬まれるのは目に見えてるし、普段の暗いあたしのことも暴露されるはず。
　そんなことになったら、それこそ嵐に怒鳴られそう。
　それに、虎ちゃんの中のあたしのイメージって、今はいいはずだけど……。

普段のあたしのことを知ったら、虎ちゃんはどんな反応をするんだろう。
　知られるのが怖いよ……。
「いや！　それじゃ俺の気が済まないし。アイツに納得してもらってから乙葉と付き合う。それでいーよな？」
「やっ……それも困る」
　大塚さんに言ったら、あたしは即ＯＫしなきゃいけない状況になるってことだよね？
　どうしよう、虎ちゃんへの気持ちがまだ整理できてないのに……。
「じゃあ、どうしたいんだよ」
「あたし……学校で態度悪いの……」
「だろーな。嵐の妹だもんな？」
「みんな、あたしと話そうとしないし、あたしもみんなと目を合わせないし……」
「俺もそーだぜ？　みんなにビビられてるってことだろ？」
　え、そーいう感じじゃないんだけど。
「女ヤンキーとして通ってんだ？　カッコいーじゃん。俺たち、同類だな！」
　虎ちゃんが満面の笑みで、あたしの肩をポンとたたいてくる。
「そうじゃなくてっ」
「隠さなくてもいーから。俺には全部話して」
　目を細めフワリと笑う虎ちゃんに、終始ドキドキしっぱなしのあたし。

もはや、学校でのあたしは、おとなしくて暗い子だなんて、今さら……訂正することもできない。
　虎ちゃんが想像してるあたしって、真逆だから！
　結局なにも言えないまま、あたしは虎ちゃんが帰るのを見送った。
　……どうしよう。
　キッパリ断れなかった。
　しかも、あたしが女ヤンキーだっていう、さらなる誤解が増えて問題は山積み。
　明後日から夏休みだし、誤解を解くなら明日しかないよ。
　困ったな……。

第4章

ギリギリ寸前！
バレるのも時間の問題

男同士で、甘いデート!?

　次の日の朝。
　……ん……。
「嵐、起きなさい!!　アンタはホントにだらしないんだから。ちょっとは乙葉を見習いなさいよ！」
　痛っ!!
　あたしの頭を誰かがたたいた。
　聞こえてくるのは、お母さんの声。
　嵐が怒られてるのに、どうしてあたしが……。
　ハッ!!
　目を開けると、想像していなかった恐怖が目の前にあった。
　なぜだかあたしは今、嵐の部屋にいた。
　そして、なぜかベッドで寝転がっている。
　や……やられた……。
　いつの間にか嵐の部屋に運ばれていたみたいで、頭をさわるとご丁寧にウィッグまでかぶせられている。
「お母さん、あたし……」
「あたし!?　気持ち悪いわっ!!　1学期最後の日ぐらい、顔洗ってさっさと学校に行きなさい!!　学校から呼び出されるのは、もうコリゴリよ!!」
　なんで、あたしが怒られなきゃなんないの!?
　とばっちりをくらって悲しいけど、仕方なくあたしは学校に行く準備を始めた。

もう、嵐になるのはやめようと思ってたのに。
あたしの気も知らないで。
嵐……覚えてなさいよ。
　荻高の制服に着替え、学校へ向かう途中、嵐に電話をかける。
　例のごとく、ヤツは電話に出ない。
　ムカつく〜!!
　なんで、あたしが毎日、男子校に通わなきゃなんないのよ。
　冗談じゃない。
　気は進まないけど、どっかでサボろうかって考えていたら。
「おい、桃谷。こんなとこで、なにしてんだ？」
　ドキッ。
　見知らぬ男の子に声をかけられた。
　荻高とはまた別の制服。
　敵か味方か……。
　どっちにしろ、逃げるが一番？
　思わず後ずさりをしたら、グイッと腕を引っぱられた。
「ちょっと顔貸せよ。こないだはウチの後輩(こうはい)が世話になったみたいで」
　すごまれて、確信した。
　てっ……敵だぁ〜〜〜っ!!
「誤解ですっ、俺は桃谷じゃなくてっ」
「しらばっくれんなよ？　それにしても、ウワサどおりだな。かわいい顔してんじゃん。俺がかわいがってやるよ」
　きゃ———っ!!!!

「やめて――っ!!」
「声まで女みてぇだよな」
「イヤッ」
　身をよじって逃げようとするけれど、男の力が強すぎてビクともしない。
「ちょっと、おとなしくしててもらおーか」
　ヒョイと肩に担がれ、もうどうすることもできなくなってしまった。
　男の肩の上で、ジタバタと手足を揺らすけど、手ごたえがない。
「めちゃくちゃ軽いな。こんな弱っちぃヤツにやられたのか？　マジかよ」
　嵐のバカー!!
　そろそろやられるってわかってて、あたしと交代したんだとしたら、許さないから。
　もしそうだとしたら、ホントにアイツは卑怯な悪魔だ!!
　性格悪すぎっ!!
　――ドカッ。
　にぶい音がしたかと思うと、あたしの体は別の誰かによって抱えられていた。
　そして、あたしを抱えた人がヤンキーを足で蹴り飛ばす。
　その場に呆気なく倒れるヤンキー。
　そして……。
「まったく油断ならね～な。お前は俺のだろ？　こんな男についていくなよ」

ニヤッと笑う虎ちゃんの顔が目に飛びこんできた。
　……えっ!?
　あたし今、乙葉だった!?
　虎ちゃんのセリフにビビッて制服を確認するけど、完全に嵐だ。
　ウィッグが取れてバレたのかと思って頭をさわってみるけど、そこも問題なかった。
　焦った……ただ、適当に言っただけなのかな？
　虎ちゃんはドキドキしているあたしを地面におろして、今度は肩を抱いてきた。
　キャ！って言いそうになるのを、必死でこらえる。
「お前さ、ケンカ弱すぎ。俺に守ってほしくて、わざと狙われてんの？　かわいいヤツ」
　今にもキスしそうな距離で、そんなことをささやいてくる。
　あたしの心臓は、破裂寸前！
　だけど、虎ちゃんに悟(さと)られるわけにはいかない。
「やっ、やめろ！　離れろよっ!!　俺ら、男同士だろ？」
「……だよな〜？」
　意味ありげに、虎ちゃんがクスッと笑う。
　なっ……なんなの？
　やっぱり、あたしが乙葉だって気づかれてる!?
　倒れたままのヤンキーを顎で指して、虎ちゃんが指をポキポキと鳴らす。
「トドメは嵐が刺す？」
　今、嵐って呼んだよね？

ホッ……大丈夫だった。
「もう、いいって。早く学校に行こう」
　虎ちゃんの背中を押して、あたしたちはその場を去った。
　歩いていると、虎ちゃんが指をパチンと鳴らす。
「明日から夏休みだよな、1日早く俺とデートしよっか」
「でっ、デート!?」
　やっぱり、バレてるの!?
　ビクビクしていると、虎ちゃんがニッと歯を見せて笑う。
「また土曜みたくダブルデートしようぜ」
　ああ……心臓に悪いよ。
　どうしてこう紛らわしい言い方をするんだろう。
　この数分で、ドッと疲れた。
「ダブルデートは……もうしない」
「あっそ……ところで、さっきのヤンキーって、こないだお前がボコボコにしたグループの頭だぜ。結構デカい組織らしーし、ヤバいな、お前また襲われんじゃね？」
　そう言いながら、めちゃくちゃうれしそうな虎ちゃん。
「えぇっ……」
　思わずビビッてしまう。
　この姿をしてる限り、あたしが狙われるのは避けられないってこと!?
　ショックを受けていると、虎ちゃんがあたしの肩をポンとたたく。
「任せとけって。俺が全部、倒してやっから」
　あんまりケンカしてほしくないけど、虎ちゃんなら、あっ

という間に倒してしまいそう。
「ありがとう。だけど俺、ちょっと今日は腹が痛くて……」
「おー。お前、この前から都合が悪くなると腹痛くなるんだな？　おもしれぇな」
　なにがおもしろいんだか、虎ちゃんはケラケラ笑っている。
「つーことで、今日１日、俺と一緒に行動だな。このまま学校サボれ？」
　虎ちゃんはあたしの腕をガシッとつかんでくる。
「最終日だろ、今日ぐらい行かないと……」
「いつもサボってるくせに、なにを今さら」
　結局、ひとりで学校に行くのも不安だし、あたしは虎ちゃんについていくことにした。

　最初に着いたのは、カラオケ。
「やっぱ、ふたりっきりがいいよな〜……適当に入れてって。俺、あとで歌うから」
　え。
　今、ふたりっきりって言った？
　男同士なのに、ヘンなの……。
　疑問に思っている間に、虎ちゃんは部屋を出ていった。
　部屋に取り残されたあたしは、言われたとおりに選曲していく。
　……あ、この歌。
　もし彼氏がいたら歌ってほしいなって思った曲。

入れてみようっと。
　虎ちゃんは、どんな声で歌うのかな。
　バラード？　ヒップホップ？　盛りあげ系？
　想像しながら、いろんなジャンルの曲を入れていく。
　あたしはカラオケが苦手だけど、嵐もそうなんだよね。
　だから、自分が歌うって言ってくれたのかな？
　しばらくして、虎ちゃんが戻ってきた。
　ジュースやお菓子をトレーにのせている。
「あれっ、それどうしたの？」
「カウンターで直接、注文してきた。途中で店員が来ると気が散るだろ？」
　あ〜、そういうこともできるんだ？
　まぁたしかに、歌ってる途中で店員さんが来ると、気まずいときってあるもんね。
　虎ちゃん、準備がいいなぁ〜。
　なんて思っていると、曲が始まって虎ちゃんがマイクを持つ。
「俺、勝手に歌ってるから。嵐はいつものヤツな」
　えっ、いつものって……なに？
　タンバリンを投げられ、フリーズ。
「今日は……どんなのにしようかな〜」
　あたしは、わけもわからず、とりあえずそんなことを言ってみる。
「いつものあれでいーじゃん。タンバリン持って踊り狂う」
　え……。

踊り狂う!?　どんな風に?
　自分で指示しておきながら、たまらないといった風に、虎ちゃんはひとりで爆笑（ばくしょう）している。
　あたしの知っている嵐は、割とスカしているイメージだけど、虎ちゃんと一緒のときは、おバカ担当なのかな!?
　今さらながら、虎ちゃんについてきたことを思いっきり後悔した。
　やっぱり、知らないヤンキーから逃げまわる方が楽だったかも?
　どんなのかわかんないけど、とりあえず、めちゃくちゃにタンバリンを振りまわしてみた。
「もっと、もっと～」
　虎ちゃんは腕をグルグルと回して、あたしを煽る。
　こう?
　あたしは足踏みしながらタンバリンをたたく。
「もっと激しいヤツ～」
　虎ちゃんはマイク片手に、笑いながらチラチラとあたしを見る。
　どうしよう。全然、わかんない。
　今度は頭を上下に振って、全身でタンバリンを鳴らしてみた。
「アッハハハ!!　お前っ……リズム感なさすぎっ」
「うっ……うるさいな!!　ほっとけよ」
「あ～、楽しい」
　虎ちゃんは、なんだかかなりご機嫌。

とりあえず怪しまれてはいないみたいだし、歌わなくていいなら、それに越したことはない。
　けど、タンバリンを鳴らしすぎて、なんだか汗だく。
　カラオケに来て、あたしはなにをやってるんだか。
「暑～……」
　クーラーのリモコンに手を伸ばしたら、虎ちゃんがあたしの手に自分の手を重ねた。
　ドキッ!!
「そんなに暑いなら……脱ぐ？　それとも、俺が脱がしてやろっか？」
　甘い表情で詰め寄ってくる。
　なっ、なんなんですか!?
　嵐と虎ちゃんって、ふたりだといつもこんな雰囲気になるの!?
　緊張で硬直しているあたしとは対照的に、虎ちゃんは余裕たっぷり。その差がなんだかくやしい。
「おっ、いい選曲。俺この歌好き」
　今の行動はなんだったの？ってぐらい、あっさりあたしから離れると、虎ちゃんはマイクを手に取った。
　今度はアップテンポな曲じゃなくて、スローバラード。
　彼氏がいたら歌ってほしいと思って入れた曲だ。
　さっきまでタンバリンに必死で、あんまり歌を聞いてなかったけど、虎ちゃんって実は歌がうまいのかも。
　バラードになると、よくわかる。
　なにげに甘い声と、絡まる視線。

第4章 ギリギリ寸前！ バレるのも時間の問題 >> 193

　ドキドキする……。
　間奏で、虎ちゃんがあたしを手招きする。
「なに？」
「雰囲気出ね～から、こっち来いよ」
　えっ!?
　グイとあたしの肩を引き寄せ、虎ちゃんは歌い続ける。
「気持ち悪いっ、寄るなよーっ!!」
　あたしは大あわてで、虎ちゃんの肩を押す。
「あんだよ～。この際、女役やれって」
「なんでっ」
　さっきもそうだったけど、虎ちゃん、男同士でもこういうの平気なのっ!?
　まぁ、あたしは女なんだけど。
　心臓のバクバクが止まらない。
「だって、お前のこと大好きだし」
　耳もとでそんなことをささやかれ、あたしは倒れる寸前！
　さっきヤンキーと遭遇したときも紛らわしい発言があったし、やっぱりあたしだってバレてる!?
　固まっていると、虎ちゃんがあたしの頬を指でつっつく。
「かわいいなぁ～、嵐は……」
　今、嵐って言ったよね……そうだよ、バレてない！　絶対に、バレてないはず。
　自分に言い聞かせるように、何度も心の中で唱える。
　虎ちゃんはマイクをテーブルの上に置くと、完全に歌う

のをやめてしまった。
　そして、あたしをじっと見つめる。
　視線が甘すぎて、あたし……クラクラするっ！
　これを素でやってるとしたら、虎ちゃんは男でも落とせるかもしれない。
「そーいやさ、俺とはじめて会ったときって……お前、男に襲われてたよな」
　……え。
　嵐が男に襲われてたっ!?
「ヤバかったよな〜。音楽室で、図体のデカい先輩に追い詰められて……俺があのとき行かなかったら、今頃……」
「うわぁぁっ、その話は忘れろって言っただろ!?」
　あたしはとりあえず、嵐が言いそうなことを叫んだ。
「忘れらんね〜。入学式のとき、すげぇかわいい女がウチの制服着てんのかって思ったら、男なんだもんな。俺もビビッたって」
　そ……そうだったんだ。
　虎ちゃんは、最初に嵐を見たとき、女の子だって思ったんだ……。
「ウチの学校、飢えたヤツばっかだからな。コイツ、絶対いつか男にヤられるって思ってた」
「あはは……」
　だから嵐は、高校に入ったとたんにヤンキーになったのかな。
　ナメられるのがイヤで……。

中学のときは、ただチャラいだけで、そんな怖い雰囲気はなかったもんね。
「それにしても、まさか双子の妹がいるとはね。俺に教えたら、ソッコーヤられると思ったから紹介しなかったんだ？」
　虎ちゃんはニヤニヤ笑っている。
「そ……うじゃないよ」
　嵐の本音は、そうじゃないはず。
　単に、ダサいあたしが自分の妹だって思われたくないから……。
「だったら、なんで？」
「……から」
「え……？」
「あんなのが俺の妹なんて、はずかしいから……」
「あんなのって。十分かわいいと思うけど？」
「虎ちゃんは、乙葉のホントの姿を知らないからだよ……」
　虎ちゃんにほめられるたびに、現実との差を実感して悲しくなる。
「あぁ、そーいや女ヤンキーだって昨日、言ってたな。い〜じゃん、上等！　俺、受けて立つけど」
　虎ちゃんはケラケラ笑っているけど、あたしは全然笑えない。
　女ヤンキーなら、その方がよかった。
　みんながあたしとかかわらないのは、怖いからなんかじゃない。
　いつも下を向いていて、自信のなさそうなあたし。

嵐のとは少しちがうけど、クラスの子にちがった意味でナメられている。
「ホントの乙葉は、虎ちゃんが思ってるのと全然ちがう。学校では、暗いよ。おとなしいし、友達も少ない……」
　気がつけば、すべての曲が終わっていて、部屋の中は静かになっていた。
「……で？」
　虎ちゃんはあたしをチラッと見ると、かすかに笑った。
　で？って。
　まだ、あたしの言うことを信じてないのかな。
　それとも、そんなのどうでもいいってことなのかな。
「……だから、全然つまんない子なんだよ。虎ちゃんみたく、学校で人気者なわけでもないし」
「ハハッ、言いたいことは、それで終わり？」
　虎ちゃんはただ笑っている。
「笑い話じゃなくて！　真剣に話してるのにっ」
「真剣に聞いてるけど、お前の話があまりにバカらしくて。お前はホントに性格悪いよな〜。なんで、そんなに乙葉のこと悪く言うんだよ」
「悪くっていうか、ホントのことで……」
「わざわざ悪いとこ見つけて、さげてんじゃねーよ。乙葉のいいとこ、いっぱいあるのに」
「いっぱい!?　そんなのあるわけない」
　自分でもヤなところばっかりなのに、虎ちゃんがそう言うのが信じられない。

「見ようとしてないからだろ？」
「そんなこと……」
　反論しようとしたら、虎ちゃんにグッと肩をつかまれてソファに押しつけられた。
「俺といるとき結構しゃべってるだろ？　俺はべつに乙葉に明るさなんて求めてねーし。それに、友達って、たくさんいればいいか？」
「それは……」
「たくさん友達がいても、ホントの友達ってほんの数人。こっちがそう思ってても、相手が思ってない場合もある。だけど乙葉には……弥生がいるだろ？　大切な友達がひとりいれば、それでいーんじゃね？」
　……虎ちゃんの言うとおりかも。
　あたしから周りを拒絶してる節はあるけど、たしかに、友達がたくさんいた方がいいって、心のどこかで思ってた。
　だから、なんだか劣等感を持ってるのかな。
　そっか……べつに、たくさんいればいいってものじゃないんだね。
「え……と」
「乙葉といると、なんか和む」
「えっ？」
「いつも肩肘はって生きてきたけど、がんばらなくていーっていうか。そーいう気分にさせられる」
「そーなんだ……？」
　そんなこと、誰にも言われたことがない。

かなり、うれしいかも。
「昨日のメガネなんか最高！　ホントは美人なのに、メガネかけるとブサイクでさ〜。いーじゃん、あーいうの」
「ブッ……ブサイクって！」
「なんか、ふてくされててさ〜。意味わからずヘラヘラ笑ってる女より、あ〜いう顔してるヤツの方が、俺は好きだけどな」
　あたしの悪い面を、いいように言ってくれる虎ちゃんに、キュンとしてしまった。
「そ……そぉなんだ。虎ちゃんって、実は趣味が悪い!?」
「ほら、また乙葉を落としてる」
「そーいうつもりで言ったんじゃないけど……」
「とにかく嵐は周りの目を気にしすぎ！　誰がなんと言おーと、お前の妹、最高にかわいいよ」
　ドキッ。
　そう言って笑う虎ちゃんに、ドキドキが止まらない。
　ふてくされてるあたしを、かわいいって言う虎ちゃん。
　メガネのあたしを、いいって言ってくれる虎ちゃん。
　友達が少なくても、暗くても、それでもあたしを好きって言ってくれるの？
「お前がドキッとして、ど〜すんの？　俺にホレてんじゃねーよ」
　虎ちゃんに頭を小突かれ、それでもまだ胸がドキドキしてる。
　なんで、ドキドキしてるってわかるの？

ヤバ……。顔が、熱い。
　照れてるのが、完全に顔に出てる。
　若干ニヤけ気味のあたし。
「嵐、そろそろ出る？」
「そ……そーだね」
　ここは、場所を変えるのがいいかも。
　このままここにいたら、あたし虎ちゃんと、どう接していいのかわからないよ。
　虎ちゃんが先に部屋を出て、そのあとに続く。
　うしろから見る虎ちゃんも、男前。
　背が高いところとか、広くて頼もしい背中とか。
　華奢な嵐とは全然ちがうところに、またドキドキ。
　男の子……なんだよね。
　そう思ったら、ますます意識してしまう。
　あたし、男の格好してるけど……虎ちゃんと並んだら、やっぱり女の子で。
　わっ、余計ドキドキしちゃうから他のこと考えよう。
　えーと……。
　今日は、なんで虎ちゃんについてきてるんだっけ。
　あ、そっか。他校のヤンキーから守ってもらうためだった。
　カラオケのあとは、どこに行くのかな……。
「嵐、まだ時間ある？」
　カラオケを出たあと、虎ちゃんが聞いてくる。
「うん……」
「じゃー、行きたいところがあるから。ついてきて」

どこ？って聞きたかったんだけど、虎ちゃんがちがう話題を振ってきたから、聞きそびれてしまった。
　まぁ……虎ちゃんと一緒なら、どこに行っても楽しそうだよね。

　……って、思っていたら。
「ちょっ……ここだけは!!　頼む!!　ここには行きたくないっ!!」
　なんだか知ってる道を通るなと思っていたら、たどりついたのは、あたしの毎日通っている学校。
　花華女子だった。
　なんだか、すっごくイヤな予感がしてきた！
　あたしの予想が、的中しないことを祈るばかり……。

俺の、かわいい双子の妹

「俺、大塚って女に……謝ろうと思う」

キター!!

虎ちゃんのことだから、「これから俺の女は乙葉だ」とか、そういうニュアンスのことを言うんだよね？

それだけは困る！

「あの女のことはもういいだろ？　乙葉も気にしてないって言ってたし」

ヤバい、ヤバい！

これ以上、虎ちゃんと大塚さんを近づけたくない。

それは、いろんな意味でなんだけど。

「乙葉、アイツ口ではそう言ってたけど、内心気にしてるって。だから、俺と付き合えないって言うんだって」

「うーん、それだけが理由じゃないと思うけど？」

「いや。俺も、ケジメつけねーと。もう、いいかげんなのはやめる」

真剣な表情に、ドキッとした。

ホントに……？

「おおっ、虎ちゃんがチャラ男、卒業宣言!?」

嵐である以上、ここでニヤけるわけにもいかず、あわてておどけた言い方で取りつくろう。

「そんなカッコいーもんじゃねえけどな？　とりあえず、あの女に気のある素振りしたのは事実だし。そーいうの全

部ひっくるめて、乙葉は俺を拒否してんだろ？」
　肩をポンとたたかれ、まるであたしが乙葉だってわかっているような気がした。
　でも、さっきからずっと嵐って呼ばれてるし……バレてないよね？
「まぁ……それはあるかも。チャラ男は信じられないって思ってるみたいしね」
「やっぱな～。嵐、お前からもよく言っといてくれよな。俺がマジメになったって」
「言葉だけで言われても、あんま説得力ないんだよな～」
　ホントにそう。
　虎ちゃんの本気が、あたしにはまだわからない。
「そっか……。ま、これからの俺を見てもらうしかないよな」
　これからの虎ちゃんかぁ……。
　ホントにマジメになるの？
「もう、校舎の窓ぶっ壊したりしない？」
「あ？　あれはべつに関係ねーじゃん」
「関係あるよ。乙葉は、乱暴なことは嫌いだから……」
「そっか。じゃー、しない」
「ホントに？」
「ん……多分」
　多分って！
　だけど、そう言ってくれるだけでも、いいのかもしれない。

チャラくて暴力的だったら、どんなイケメンでもホントに救いようがないもんね。
「お、そーいや昨日もここに来たな」
　うん、って言いそうになって、あたしは口をつぐんだ。
　あぶない、あぶない……。
　今は嵐なのに、乙葉として会ったときのこと知ってたら、おかしいもんね。
　最近、どっちの姿でした会話なのか、ときどきわからなくなる。
　昨日ここで虎ちゃんと会ったのは、乙葉のあたしだった。
「乙葉は？　今どこにいるかメールしてみて」
　虎ちゃんに言われ、あたしは嵐にメールをしてみる。
　ウチの学校は終業式の今日も、午後までみっちり授業がある。
　今はちょうど最後の授業が終わった頃……。
　だけど、授業がどうとかっていう前に、普段からあたしの連絡をスルーすることが多い嵐からメールが返ってくるはずもなく。
「うーん、返事ない」
「そか。じゃ、潜入」
「えええぇぇっ!!　っていうか、なにしに来たんだっけ？」
「大塚って女が帰る前につかまえて、乙葉の前で謝る。それで、乙葉にもわかってもらえるはずだから」
　ええっ、あたしも同席!?　ありえないよ！
　しかも今の乙葉は、嵐だ。

どんな反応をするのか想像しただけでも、頭が痛い。
「いや〜……どうかな。乙葉はそういうの、イヤがると思うよ!?」
「やってみなきゃ、わかんねーじゃん？」
「いや、だから……わぁっ！」
　虎ちゃんは、あたしが止めるのも聞かず、校門を飛びこえる。
「ダメだって!!　そんなことしたら」
「先に行ってるな。バイバイ、嵐」
　なっ……。
　虎ちゃんはニッと笑うと、あっという間にあたしの前から姿を消してしまった。
　どどっ……どーしよう!!
　ただ門の前でオロオロするあたし。
　悩んでるヒマはないよね!?
　門の隙間から手を入れれば、電子ロックに手が届くことを知っていたあたしは、とりあえず門を開けて中に入った。
　誰かに見つかったら大変！
　慎重(しんちょう)に校舎に入ると、ＨＲ中なのか、廊下はすごく静かだった。
　虎ちゃん、どこに行ったの〜!?
　とりあえず、昨日の虎ちゃんと同じルートで教室に行くことにした。
　クラスがどこにあるか聞かなかったところをみると、２年だから単純に２階だと思ってるはず。実は３階なんだけ

どね……。
　階段をのぼっていると、上の方で靴の擦れる音が聞こえてくる。
　虎ちゃん!?
　──キーンコーン、カーンコーン。
　チャイムの音とともに、急にあたりがさわがしくなった。
　ヤバいっ!!
　あたしは急いで階段の隅に隠れた。
　たくさんの生徒が、階段をおりて校舎を出ていくのが見える。
　虎ちゃん、うまく隠れられた？
　機敏そうだから、その辺は大丈夫だと思うけど……。
　っていうか、嵐も帰っちゃうんじゃない？
　あたしは急いで嵐に電話をかけた。
『もしもーし。なんだよ、うっせぇな』
　電話に出るなり、いきなりそれ？
『アンタねっ、なんであたしの制服!!　朝起きたらアンタになってて』
『まとめてしゃべれ？　つか、めっちゃダルいんすけど。なんなの、この学校』
『もうっ!!　今、どこにいるの？　あたし、階段の裏に隠れてるから。すぐに来て!!』
『……は？』
　ワンテンポ遅れて、嵐の声が聞こえてきた。
『階段って？』

『花華の校舎！　ウチのクラス、3階でしょ。だから、すぐ近くにいるの』
『は……って、お前、どんな格好でいんの？』
『荻高の制服着てるに決まってるでしょ！』
『なっ……』
『虎ちゃん、その辺にいない？　大塚さんに謝るって、聞かなくって』
『ととっ、虎ちゃんまで!?　おいおい、ヤバいって!!』
　焦った声の嵐。ようやく状況がわかったらしい。
『アンタなら虎ちゃんの性格わかってるでしょ!?　あの人、言っても聞かないんだもん!!』
『わぁっ!!　マジで来た!!　ちょっ……お前もすぐ来い!!　教室にいるから』
　そこで、電話が切れた。
　……虎ちゃん、2階じゃなくて3階に一気に行ったのかな？
　結局、ウチのクラスまでたどりついたんだ……。
　って嵐……今、普通にしゃべってなかった!?
　周りには、弥生ちゃん含めクラスの子もいたはず。
　それなのに！
　もう！　開き直ったってこと!?
　すぐ来いって言われても……。
　周りには、生徒がうじゃうじゃ。
　このまま出ていったら、さわぎになるよね……。
　どうしようか……。

そこであたしは、あることを思いついた。
　……この際、仕方ないよね。
　階段の陰からバッと、勢いよく出ていくと……案の定、大さわぎになった。
　終業式のあとはいつも職員会議のはずだから、先生は来ないはず。
　生徒だけなら、なんとかなる!?
「キャーッ、男っ!!」
　あたしはそんな声を無視して、階段の踊り場にいる女子を目指した。
　それは……。
「あっ……嵐くん!?　どうして、ここに!?」
　あたしの前にいるのは、大塚さん。
「大塚さん、久しぶり。元気だった？」
「元気だけど……どうして、ここに!!　部外者は侵入禁止よ？」
　昨日、虎ちゃんには優しく向けられていた瞳が、今日は厳しい。
　ったく、この人ってば、ホント人によって態度を変えるんだから。
「それはね……俺が、大塚さんに会いたかったから」
　そう言うと、とたんに大塚さんの表情が変わった。
「こんな強引なやり方、悪いと思ったんだけどさ。もぉ、自分の気持ちを止めらんなくて……」
「嵐くん……？」

今まで厳しかった大塚さんの目が、なんだか潤んでいる。
　あたしだって、もぉヤケ。
　嵐になりきってやる。
「会いたかった」
　大塚さんを軽くハグすると、それだけでガチガチになっているのがわかった。
「大塚さん！　その人、誰!?」
　周りの女の子たちがさわぎだす。
「あ……あたしに会いにきてくれた……みたい。みんな、先生にチクッたら、わかってるわね？」
　大塚さんはにらみをきかせ、またすぐにトロンとした目をあたしに向けてきた。
「嵐くん……こんなの、困っちゃうよ……それに、あたしに会いになんて……」
「顔、よく見せて？　……やっぱりな、マジ俺のタイプ。かわいい」
　き……気持ち悪い。
　背筋がゾゾッとなりながらも、甘いセリフを吐いてみる。
「やんっ……嵐くんって、正直なんだからぁー」
　……よく言う。
「虎ちゃんが好きだって!?　俺、奪いにきたんだけど」
「きゃあ……困るよ！」
　そう言いながら、大塚さんはめちゃくちゃうれしそう。
「合コンで虎ちゃんが大塚さんにキスしただろ……かなり妬けた。あんなの、ひどすぎるよな」

できるだけ悲壮感を浮かべ、視線を床に落とす。
　すると、大塚さんが必死で弁解してきた。
「あんなの、お遊びだもん。あたしも子供じゃないし……キスしたぐらいで……」
「え……じゃあ」
「小田くんはカッコいいけど……チャラそうだし……あたし……嵐くんの方がいい」
　そして、ギュッと抱きついてくる。
　虎ちゃんが好きなんじゃなかったの!?
　変わり身の早さに、あきれる……。
「よかった。じゃ、早く教室に……」
　クラスの主導権を握っている大塚さんを連れていけば、こっちのもの。
　大さわぎになっていても、大塚さんの一喝でおさまるはず。
　腕を引っぱり、教室へと向かう。
　すると、嵐の声が聞こえてきた。
「虎ちゃーんっ!!　やめてーっ!!」
「うるせえ！　黙ってキスさせろ」
　……あぁ、終わってる……。
　教室の真ん前で、嵐が今にも虎ちゃんにキスされそうになっていた。
　でも、それはそれで、おもしろいかも。
　必死に抵抗してるけど、嵐は虎ちゃんに押さえつけられている。
　弥生ちゃんは教室の隅に隠れるようにして、クラスメイ

トの塊(かたまり)の中にいた。
「小田くんが……どうしてここに!?」
　大塚さんは虎ちゃんと鉢合わせていなかったのか、その存在に驚いている。
「見てのとおり……虎ちゃんは、乙葉にホレてんだって」
「ウソッ!?　なんで桃谷さん？」
　大塚さんは、驚愕(きょうがく)の表情を浮かべている。
　驚くよねぇ……あたしだって、未だに疑問だもん。
「俺もわかんねぇ。でもさ……」
　あたしがそこまで言いかけたとき、嵐が虎ちゃんを投げとばした。
「うおりゃあああーっ!!」
　わぁっ!
　嵐、なにやってんの!?
「テメー！　やめろっつってんのが、わかんねーのかよっ!!」
　嵐———っ!!
　今、あたしの姿だからっ！
　わかってる!?
　投げとばされた虎ちゃんは、乱れた髪をかきあげ不敵(ふてき)に笑っている。
「俺を投げとばすとか、上等じゃん。ますます気に入った」
　クラスメイトは、完全にふるえあがっている。
　そんなとき、大塚さんがボソッとつぶやいた。
「やっぱり……」
「え？」

「桃谷さん……あの子、前にも1回キレたことがあるんだよね。昨日の午前中もやたらにらんできたし、実は隠れヤンキーなんじゃないかって、みんなで話してたんだけど……」
　はっ!?
　あたしが、ヤンキー!?
　しかもキレたって、いつの話だろう。
　弥生ちゃんにイジワルする大塚さんにイラッとして、机の上からわざと自分のカバンを落として音を立てたことはあるけど、そのことかな……。
「普段ほとんど笑わないしね。ほら、あの前髪とメガネ。あれって、正体を隠すためなのかも」
　ただ、人の視線から逃れたくて、そうしてただけなのに。そんな風に取られていたなんて、ビックリ!
　だけど、この際そう思われてた方がいいのかな？
　そのとき、嵐があたしを見つけた。
「お兄ちゃんっ！」
　げっ！
　嵐は乙女の顔をして、あたしの方へ一目散に駆けてきた。
　うわーっ、来ないでーっ!!
「お兄ちゃん、助けてっ！　虎ちゃんに襲われちゃう！」
　しかも、なんであたしより女の子らしいの!?
「お兄……ちゃ……ん？」
　嵐の格好をしたあたしを見て、一番ビックリしているのは大塚さん。
　嵐はそのまま、あたしのうしろに隠れる。

「お兄ちゃん……」
「おとなしく虎ちゃんにキスされれば?」
　あたしがイジワルな顔を見せると、嵐はあわてている。
「冗談じゃねーから!!　ほら、お前が行け!」
　なんてムリなことを言ってくる。
　なんであたしが!
　しかも、今は男だし!
「嵐〜、ジャマしたらぶっ殺す」
　前から虎ちゃんが、ニヤニヤしながら近づいてきた。
「ジャマするわけねーじゃん。こんなのでよければ、どーぞ」
　あたしは嵐を突きだした。
　……ハッ!
　視線が痛くて、教室の隅を見てみると。
　弥生ちゃんが涙目でこっちを見つめていた。
　そうだった……。
　こういうことしたら、弥生ちゃんに怒られるんだった。
「虎ちゃん。や……やっぱ、やめようか」
「あ?　俺の話聞いてたか?　ジャマすんな」
「そっ……そーだけど。乙葉もイヤがってるし……それに、今日の目的はちがうだろ?　大塚さんに謝りにきたんだろ?」
「まあな……そうだった」
　虎ちゃんは、思い出したように大塚さんの方を見る。
「そーいうことだ。あきらめてくれ」

それだけ言うと、笑っている。
　いや、なにがそーいうことなわけ？
　ビックリだよ。
「あたしも小田くんに言わなきゃいけないことが……。あたし、嵐くんが好きになっちゃった」
「おお、そーか。じゃあ、ちょうどいーじゃん」
　大塚さんと虎ちゃん、ふたりでなんか納得している。
　おーい！
　なんでよ！
「それにしても、桃谷さんって……嵐くんと兄妹なの!?」
　信じられないといった風に、大塚さんが驚いている。
　そりゃ、驚くよねぇ……。
「そーなんだよね。俺の、かわいい双子の妹でさ」
「ふっ、双子!?」
「そ。こーやると、結構似てんだよねぇ」
　あたしは、乙葉に化けている嵐の前髪を横にわけ、メガネを外す。
「おおーっ！」
　クラスメイトから、そんな声があがった。
　同時に、大塚さんの顔は引きつって、声も出ないみたいだった。
　虎ちゃんの妹だと思っていたのが、あたしで……。
　そして、今まで蔑んできたあたしが、まさか愛しの嵐の妹だったなんて、信じたくないんだろうね。
　この際、今までの仕返しをしちゃおう。

「で？　どこのどいつが、このクラスのボスだって？　乙葉の友達をネチネチイジメる、陰険な女が誰だか知ってる？」

　大塚さんに聞いてみると、

「えっ……そっ、そんな子……いないわ」

　なんて言って、しらばっくれている。

「へー、そうなんだ？　乙葉、毎日学校から帰ってきては、今日も弥生ちゃんが無視されてたって、悲しそうにしてるけど。でも、それが誰なのかって、実名出して言わないんだよな。そこがまた乙葉のいいところで」

　ここでちょっと自分をあげてみる。

　弥生ちゃんは黙って、あたしたちの方をじっと見ている。

　大塚さんは大あわて。

「ウチのクラスに、そんなことする子がいるの!?　イジメなんて許せない……クラスのみんな、仲がいいから気がつかなかった。今度からあたしが注意して見ておくね」

　白々しい……。

「おう。そんなヤツがいたら、俺がぶっ飛ばしてやる」

　横から虎ちゃんも出てきて、弥生ちゃんに笑いかけている。

　虎ちゃんにポンポンと頭を軽くたたかれて、弥生ちゃんはまっ赤になっていた。

　……相変わらず、かわいいなぁ。

　嵐のことが気になってるけど、男の子に免疫がないから虎ちゃんに対しても、あんな反応をするんだね。

　あたし、あんな風にできないや。

「ってことで、俺の用事は終わり！　乙葉、迎えにきた」
　そう言って、虎ちゃんが嵐をお姫様抱っこ。
　また、こないだみたいに連れ去られちゃう!?
「とっ……虎ちゃん!!　ひとりで歩けるからっ」
　大あわての嵐は、虎ちゃんの腕の中でジタバタしてる。
　助けた方がいいのかな……。
　迷っていると……。
「行くぞ」
　虎ちゃんはあたしを顎で指し、一緒に行くように促す。
　一緒に行くんだね。
　じゃあ、弥生ちゃんも誘おうかな。
　そう、思っていたら……。
「嵐くん、今度いつ会える!?」
　大塚さんが、あたしの腕をしっかりとつかんでいた。
　あ〜、そうだった。
「……これ、俺のアドレス。いつでも連絡して」
　あたしは嵐のアドレスと番号を黒板に書いて、そのあとすぐに教室を出て虎ちゃんを追った。
　うまく先生に見つからずに校舎の外まで出たら、門のところに虎ちゃんが待っていた。
「おっせぇぞ？　嵐」
　しかも、ひとりで。
　……あれっ、嵐は!?
「乙葉は？」
「逃げられたって!!　あの女、すばしっこすぎる」

そうなんだ!?
　嵐、うまく逃げられてよかったね。
「あ〜、乙葉も逃したし、今日はもう帰るかな〜……」
「だね。俺も、もう帰ろうかな」
「と思ったけど、もう少し付き合えよ」
　虎ちゃんは肩をガシッと組んでくる。
「いや〜……乙葉も帰ったことだし……」
　逃げ腰になっていると、虎ちゃんの殺人級に甘い笑顔が降ってきた。
「明日から夏休みだろ？　ダブルデートもしてくんねーって言うし、嵐と会えなくなるとか、めちゃくちゃさびしーんだよ。今日ぐらい付き合え」
　ボボッ。
　あたしに言ってるんじゃないのに、照れちゃう。
　これは、嵐に言ってることなのに……。
「しょ……がねーなぁ。いいよ、付き合うよ」
　付き合いのいい嵐は、きっとこう返事をするはず。
　今日のあたしは嵐なんだから。
　嵐としての受け答えをしただけだよ。
　自分で自分に、そう言い聞かせる。
「やったね。嵐はいいヤツだよな〜。マジ好き」
　なんて言いながら、あたしにすり寄ってくる。
　きゃあぁぁぁ……。
　ほのかに香る、虎ちゃんの香りが鼻腔をくすぐる。
　思わず寄りかかりそうになって、ハッとした。

あっ……あたしってば！
「男に好きとか、なに言ってんだよ……虎ちゃん、フザけんのもいーかげんにしろよ!?」
　照れ隠しで、あたしは虎ちゃんの体を引きはがす。
　虎ちゃんはフフッと笑って、そのあとはすんなりあたしから離れてくれた。
　体が離れたあとも、しばらくあたしのドキドキはおさまらなかった。

虎ちゃんの甘いささやき

　虎ちゃんに連れられてきたのは……住宅街の一角にある、高層マンションの前だった。
　ここは……どこ？
　そう思うけど、言ったら墓穴を掘りそうな気がしたから、聞かれるまで触れないことにした。
　すると、虎ちゃんの言葉でここが彼の自宅なんだと気づかされる。
「嵐、俺んち来るの久しぶりだよな～」
「そ……だね」
　って、虎ちゃんの家なの!?
　立ち止まろうとしたけど、虎ちゃんは振り返りもせずに、どんどんマンションの中へ突き進んでいく。
　や……家は、マズいでしょう。
　いくらなんでも……。
「やっぱ、帰ろうかな～……」
「なに言ってんだよ、こないだの続きしよーぜ」
　エントランスを抜け、エレベーターホールまで来ると、虎ちゃんはエレベーターのボタンを押した。
「続きって？」
「覚えてねーの!?　ひどいヤツだな～……友達やめんぞ？」
　え、そんな大事なこと？
　どうしよう……さっぱりわかんないや。

キョトンとしていると、ムリヤリ虎ちゃんに引っぱられる。
「いいから来い」
　エレベーターに引きずりこまれると、15階で止まった。
　フロアにおりたったあと、あたしたちはマンションの一室にやってきた。
「入れよ」
　虎ちゃんに誘導(ゆうどう)され、部屋の奥へと進む。
　初めて入る虎ちゃんの家に、ドッキドキ!
　だけど、嵐は何度か入ったことがあるはずだから、知ってる感じに振る舞わなくちゃダメだよね?
　ハデな虎ちゃんに不似合な、シンプルなインテリア。
　きっと、親の趣味なんだろうね。
「いつ来ても、オシャレな家だよな!　家にいんのダルいし、俺、ここに住もうかな〜」
　嵐が言いそうなことを、言ってみる。
「お前いっつもそう言ってるよな。なんなら、今日も泊まってくか?　どうせ親、帰ってこねーし」
　そうなんだ!?
　嵐が外泊(がいはく)してるときは、虎ちゃんちに泊まってたんだ。
　そっか〜。
　……ん?
　今、なんて言った?
　親が帰ってこないって……。
「虎ちゃんの親、今日は……」
「旅行中」

「そうなんだ……」
　ってことは、ずっとふたりっきり!?
　それはヤバいんじゃ……!?
「兄弟は～……」
「ひとりっ子って言ってんだろ？　お前、何回言えば覚えるわけ？　覚える気ねーだろ」
　アハハ、嵐ってばホント適当。おかげで助かったけど。
「そうだったっけ！　ひとりっ子って言ってたなぁ。アハハハハ」
　……その、こないだの続きってのを早いとこ終わらせて、暗くなる前に帰ろう。
　泊まってけ、なんて言われたら、大変だよ!!
「さて、そろそろ始めるか？」
　虎ちゃんがあたしのそばまでやってくる。
「うん……」
「じゃー、お前、先に俺の部屋に行ってろよ」
「おー……」
　って、虎ちゃんの部屋って……どこなの？
　適当に歩いて部屋に入ろうとすると。
「お前な～。そこは親の寝室。何回、言えばわかる？　俺の部屋は、こっち！」
　右手の部屋を指す虎ちゃんに従って、あたしは部屋に入った。
　おおっ……!!
　ここは別世界。

全然シンプルな部屋じゃない。
　ブルーを基調とした部屋で、壁にはポスターが貼ってあったり、ＤＶＤや雑誌が床に散らばっていたり、いろんな物が散乱している。
　部屋の中央にはテレビがあって、テレビボードの中にはコントローラーやゲームのケースがぐちゃぐちゃになっている。
　汚い……っていうほどじゃないけど、ちょっと落ちつかないかな。
　本棚の中や机の上には本がいっぱい積み重ねてあって、読書が好きっていうのはウソではないみたい。
　嵐の部屋はもっと汚いから、全然キレイな方なんだけど。
　まぁ、男くさいというか。
　女の子の部屋っぽくないのは、たしか。
　だけど、そんな部屋に不似合いなものを見つけてしまった。
　部屋の片隅に、手作りっぽいクッションやマスコットが並べられている。
　うっ……。
　あれって、元カノのものだったり？
　じーっとそれを眺めていると、ちょうど虎ちゃんが部屋に入ってきた。
「嵐、なにやってんだぁ？　さっさと横になれよ」
「横に？」
　そっか。
　嵐ってば、いつも家でもベッドにゴロゴロ転がってる。

虎ちゃんの家でも、それは同じなんだね。
　ボーッとしたままベッドの上に座っていると、虎ちゃんもベッドに乗ってきた。
　そして手を握られ、ゆっくりと押し倒される。
「……え？　なに、これ」
「女って、どういう風にされんのが一番興奮するか、研究するっつってたじゃん」
　は……はいいいいっ!?
「いや～……困っちゃうなぁ。そんな、いきなり……さ。俺、やっぱ喉渇いたかも」
「は？　あとにしろよ」
　嵐————っ!!
　帰ったら、ぶちのめす!!
　男同士で、いったいなんの研究してんのよ～～っ!!
　っていうか、あたし今、めちゃくちゃキケン!?
「とっ……虎ちゃん」
「うるせぇ、黙れ」
　虎ちゃんはあたしの頭の横に両手をついていたけど、片方の手であたしの唇に軽く触れる。
　ドキ———ッ!!
　や……ヤバい。
　鼓動が異常に激しく鳴りだした。
「やっぱ、いきなり襲われたい？」
　虎ちゃんは妖しげに笑い、膝であたしの膝を割ってきた。
「やっ……」

あ……ダメ。
　あたし、女の声になってる。
　顔をそむけ、必死で耐える。
「おっ……俺、おっ、男だからよくわかんねぇ……や」
　カミカミだし。
　緊張してるのが、バレバレ。
「今さら、そんなこと言うなよ……なぁ、こっち向けって」
　ひっ……。
　虎ちゃんがあたしの顔をのぞきこんでくる。
　その瞳が切なくて、胸がさらにキュンとなった。
「好きなのに……なんで、そんなイヤがるんだよ。悲しーじゃん」
「こういう……強引なのは、好きじゃ……ない」
　もう、やけくそ。
　このまま演技続行してやる！
　どうせ虎ちゃんだって、演技なんだから。
　こうなったら、付き合ってやる！
「なら、どーいうのが好き？」
　虎ちゃんは、膝を立てて覆いかぶさるような体勢のまま、両肘を少し曲げ、あたしとの体の距離を近づける。
　至近距離で見つめられ、あたしの目は泳ぎまくり！
　い……や。
　これじゃもう、演技なんてできない。
　バクバクしすぎて、どうにかなっちゃいそう……。
「わっ、わかんないよ……」

「あ～……もぉムリ。お前のこと、マジで好きだ……やっぱガマンできねぇ」
「……えっ」
「俺のモノになれよ」
　どっ……どーいうこと!?
　どこまでが冗談で、どこまでが本気なの!?
「あっ……えっと……」
　言葉につまっていると、虎ちゃんは薄く笑って……そのままあたしの唇をふさいだ。
「※!?☆＊＋；＠〜〜〜〜っ!!」
　頭は完全にパニック！
　これって……これって……!!
　長く感じられたけど、多分、一瞬のキス。
　虎ちゃんはあたしから唇を離すと、
「ヤバい……止まんねぇ……やっぱ、シよ」
　って言ってきた。
　シ……シよって!!
　これは演技!?
　男同士でキスまでするなんて、研究にしてはちょっとやりすぎじゃ!?
「好きだ……」
　あたしを愛おしそうに見つめながら、頬をなでる虎ちゃんは、とてもじゃないけど演技には見えない。
　そういえばカラオケのときもそうだけど、今日ずっと虎ちゃんはこんな調子だよね!?

もしかして……禁断の扉を開けちゃった!?
「とっ……虎ちゃん、ストップ、ストップ!!」
「この俺が、やめると思う?」
「おっ……俺たち、男同士だし、こんなのおかしい」
「そーだな」
　動揺することもなく、虎ちゃんは笑っている。
　やっぱり演技でもなんでもなくて、嵐にキスしたかっただけ!?
「俺は、お前でいーよ」
「い……いや、俺は……困るんだけど」
「でももう、逃げらんねーから。それに、全然イヤって顔してない」
　そっと首筋をなでられ、ビクッとふるえる肩。
「本気で怒るよっ!!」
「お前が怒っても、怖くねーし」
　あたしは虎ちゃんの体を押しのけようと、胸を強く押した。
　だけど、ビクともしない。
「虎ちゃんっ、どいてよ!!」
「や〜だね」
「は、はいいっ!?」
　もぉ、全然ダメ。
　力じゃかなわない。
　それに……こんな近くで甘い瞳に見つめられると、どうにかなっちゃいそうで怖い。
　でも、これは嵐に向けられたものなんだよね？

そのことに少し嫉妬してるあたしも、どうかしてる。
「このこと……みんなにバラすよ!?」
　今度は脅してみる。
　さすがに学校でバラされたら、困るよね？
「おー、やるならやれば？」
　開き直ってるし！
「おうっ、言う……言う、から……ひゃっ」
　そんな間にも、虎ちゃんはあたしの頬に軽くキスしてきた。
「お前が言うなら、俺もお前の秘密……しゃべろーかな」
「え……」
　虎ちゃんは不敵に笑っていて、その笑みにゾクリとした。
　ま……まさか。
　さっきまで優しかった虎ちゃんの目が、狂気に満ちている。
　こっ……怖い、怖すぎる!!!!
「お前ら……いつから入れ替わってた？」
　ギャ————ッ!!
　完全に、バレてるしっ!!
「な……んの話？」
　とりあえず、しらばっくれてみる。
　でも、完全にお見通しみたいで。
「嵐は、家に来たことないから」
　……え。
　サーッと背筋が寒くなった。
「先週ぐらいからか？　嵐と会話してても、なんか噛みあわねーっつか、ヘンだなーと思ってた。今日もカラオケで

試してみたけど、女扱いされんのが死ぬほど嫌いなヤツが、甘い言葉ささやかれて固まるとか、まずありえね〜から」
　ドキーッ!!
「それに嵐はカラオケ嫌いだから、誘っても絶対に来ない。付き合いいーけど、ムリなことはちゃんと断る。アイツは、そーいうヤツだよ」
　たしかに、そう。
　虎ちゃんは、嵐のことをよくわかってる。
　そっか……虎ちゃんには、気づかれてたんだね。
「いつから……気づいてたの？」
「いつっていうか。なんとなくだけどな？　昨日の朝、嵐と話した感じと、花華女子の乙葉、家での乙葉が……なんかダブって。嵐は思い悩むタイプじゃねーからな、もしかして……って思って」
　バレてるかもって思う場面が何度かあったけど、やっぱりそうだったんだ。
　昨日の出来事を思い出していると、虎ちゃんが続けて話す。
「花華女子に行けば、乙葉になってるのが嵐かどうか確かめられるし、大塚とも切れるからちょうどいいって思った。キス迫ったら投げ飛ばされたし、やっぱあれが嵐だって確信した」
　そうだったんだ……。
　って、納得してる場合じゃない。
　あたし、ここにいちゃヤバくない!?
　逃げよう……と思うけど、上に虎ちゃんが乗っているか

ら身動きが取れない。
「俺をずっと、だましてたんだよな？　いい度胸してんな」
　虎ちゃんはあたしの両手をつかみ、ベッドに強く押しつけてくる。
「だっ……だますなんて……そんな」
　そして、あたしの体を乱暴に抱き寄せると、ベッドで半回転する。
　あたしは虎ちゃんの上に乗る体勢になり、はずみでウィッグが取れた。
　そして……あたしの長い髪があらわになった。
「やっぱりな……」
　垂れさがるあたしの髪を見つめ、そうつぶやく虎ちゃんに、あたしは首を横に振った。
「だましてて、ごめん……だけど、いろいろとわけがあって」
「へぇ。男子校に忍びこんでみたかった？」
「そっ、そんなんじゃないよ！　元はといえば、あたしが臆病だったから……」
　大塚さんのイジメをスルーしていたあたし。
　そんな弥生ちゃんを救いたいって言いだした嵐。
　べつに入れ替わる必要はなかったんだけど、嵐がなんとかしてくれるなら、それが一番手っ取り早いし楽だって、心のどこかで思ってた。
　すべては、あたしのズルさが招いたこと。
「臆病……？」

「うん……とにかく、嵐が学校での問題を、あたしになって解決するって言ってくれたの。だから代わりに、荻高でテストを受けるっていう約束で……」
「それで、引き受けた？　花華女子のお嬢が？　すげぇな」
　虎ちゃんは若干、感心した風。
「最初に学校に行ったのは……虎ちゃんが、教室の窓ガラスを割った日。嵐と入れ替わってたのは、あとはデートしたとき……」
「……は？　じゃあ俺は、乙葉の部屋で嵐を襲おうとしてたってこと？　しかも、デートも嵐とかよ」
　虎ちゃん、驚愕の表情を浮かべてる。
　それはそうだよね……。
「ごっ……ごめん。まさか、あんなことするなんて思わないし……。あっ、だけど、嵐とは映画が始まるときに入れ替わったの」
「…………」
　そう、つまり……。
　一番最悪なときが、あたし。
「虎ちゃんをだますつもりはなくて……だけど、流れでそうなっちゃって……」
「そーか。まぁ……許してやる」
「えっ、ホントに!?」
「その代わり、俺をだました償い……体でいただこうか」
　ウソ――――ッ!!
　虎ちゃんはあたしをベッドに押し倒して、また上に乗っ

てきた。
「きゃーっ、きゃーっ、きゃーっ!!」
　虎ちゃんをたたこうとめいっぱい手を動かすけど、全部スカッ！と外してしまう。
「俺に勝てるわけねーだろ。動くだけムダ」
　あっさり手をつかまれ、頭の上で組まれる。
　どどっ……どうしよう。
「や……ちょっと、あたし……そんな、ムリ……」
「大丈夫。乙葉は、ただ寝てればいーから」
「なっ……なに言ってんの!?」
「心配すんなよ。俺に夢中にさせてやる」
「ヤダッ、離してよ!!」
「あ～、雰囲気出ねぇな。嵐の制服、今すぐ脱がせてやるからな」
「ひぃっ」
　虎ちゃんはあたしのシャツのボタンに手をかけ、片手であっという間に全部外してしまった。
　さすが、お見事！
　なんて言ってる場合じゃない。
　制服の下にＴシャツを着ていたから、虎ちゃんの顔が一気に不機嫌になった。
「まさか、下……さらしとか言うなよ？」
「さらしって!?」
「あ、ちがうわけね。わかった」
「きゃ———っ、なにすんのよっ!!」

虎ちゃんがいきなり、あたしの胸に顔を埋めてきた。
「ハハッ、どーりでわかんねーわけだ。あんまりねぇな」
　胸がないってこと!?
　しっ……失礼なヤツ!!
　ハッ!
　そうだ……それなら。
「そうなの！　自慢じゃないけど、あたし全然、胸ないからっ！」
　そしたら虎ちゃんは軽くうなずいている。
「全然ＯＫ。気にしない」
　だっ、ダメだ。
　全然、通用しないよーっ!!
「そっ……そうだ。虎ちゃん、あのクッションって彼女が作ったんじゃないの!?」
「……へ？」
　よし！
　他のことに気をそらす作戦、成功！
　虎ちゃんはあたしが見ている方を振り返る。
「あ～……置きっぱなだけ。すぐに捨てるし」
「大切なものじゃないの？　今まで捨てられなかったってことじゃ……」
「…………」
　あ、黙ってる。
　ってことは、図星？
「もしかして、元カノのこと引きずってるとか……」

「……だったら、なぐさめてくれる？」
「え……」
　虎ちゃんはあたしを押さえている手を、そっと離してくれた。
「数年前に別れた女のことが、ずっと忘れられなくて。忘れるために、たくさんの女と寝たし、めちゃくちゃなこともしてきた」
　虎ちゃんは少しさびしそうな表情を見せたあと、フッとあたしから顔をそらした。
「そ……うなの？　それが原因でチャラくなったの？」
「そ……だな。心から好きになれるヤツを探してたつもりが、気づけばただのチャラ男になってた」
　そんな……。
「どんな女と寝ても、満たされない。好きだって言われても、響かない。それでも……乙葉だけは、ちがうって思ったんだ」
　ドキ……。
　真剣な瞳で見つめられ、ドキドキが加速していく。
　こんなに真剣な虎ちゃんは、初めてかも。
　あたし、ちょっと信じてみようかな……。
「あたしは……まだ、虎ちゃんのことを知らないけど……それを聞いたら、チャライのも納得っていうか……」
「そんなの、今から少しずつ知っていけばいーじゃん。俺も、乙葉のこと……もっと、知りたい」
　虎ちゃんが甘い視線を向けてくるから、なんだか照れく

さくて目をそらした。
　そして、その瞬間に唇を奪われる。
　熱くて、やわらかい虎ちゃんのキス。
　ヤバい……。
　脳みそ、溶けちゃいそう。
　しばらくして、唇がそっと離れる。
　そのときには、あたしはもう抵抗するのも忘れていて。
　甘さたっぷりの虎ちゃんに、すっかりやられていた。
「乙葉が……忘れさせて。お前となら、がんばれる気がする」
「そんな……あたしなんて……」
「自分のこと、もっと好きになれ」
「え……」
「お前って、自分のことが大嫌いなんだろうな……だから、そんな風にひねくれてて」
　虎ちゃんの言葉で、あたしはハッとした。
　そうかもしれない。
　あたし、自分のことが大っ嫌いかも……。
「だけど、そーいうの……かわいいよ」
「ヤダ……かわいいわけない」
「いや、かわいい。俺だけに弱音吐くなんて、最高じゃん。俺が好きな女なんだから、自信持て」
　ドキドキする……。
　虎ちゃんに言われたら、体の奥から自信がみなぎってくる気さえする。

あたし、もっと自分を好きになってもいいのかな。
「決めた。今すぐ捨ててくる」
「……え？」
　虎ちゃんはベッドから飛び起きると、どこからか大きなビニール袋を持ってきた。
　そして、部屋の中に置いてあったクッションやマスコット、女の影が見え隠れする雑貨を、まるごと袋の中へと放りこんでいく。
「今日で、リセットする」
　そう言って、虎ちゃんは部屋の外へと消えた。

　少しして戻ってきたけど、その手に袋は握られていなかった。
「ゴミ置き場に捨ててきた」
「え？　そこまでしなくても……」
「他の女の影があるような場所で、俺に抱かれたくないだろ？」
「抱っ……ちょっと、それはっ」
「じゃあ……キスだけ」
「そんな、キスだけって……キスだって、ダメ」
「なんでだよ」
　それは……あたしが、まだ自分の気持ちをよくわかっていないから。
「虎ちゃんのこと、好きじゃないかも……」
「好きじゃないのに、キスしたわけ？」

「それは、虎ちゃんが強引に……」
「だけど、受け入れてたのは誰？　ムリヤリはしてないよな」
　ドキッ……。
　さっきキスされたとき、あたし……受け入れてたかも。
　だって、なんだか特別扱いされたのがうれしくて。
　虎ちゃんがあたしを好きだって言ってくれるのが、やっぱりうれしい。
　好かれるのって……うれしいもんなんだね。
「大丈夫、なんとかなる」
「……えっ!?」
「体から始めよ……」
「えぇっ!?」
「もう、俺なしではいられなくしてやるから」
　きっ……、きゃ————————っ!!!!
　何度も甘い言葉をささやかれ、熱い抱擁を交わし、あたしは……虎ちゃんの魅力に完全にハマってしまった……。

　完全に拒否したからエッチなことはされなかったけど、キスはやめてくれなかった。
　虎ちゃんのキス……嫌いじゃない。
　甘〜いセリフがなんだか心地よくて、フワフワしてくる。
　自分がこんな風になるなんて想像もしなかったけど、虎ちゃんって、モテるだけあるなと思った。
　だって、別れたあと、またすぐに会いたくなるの。

あたしだけに向けられた言葉や笑顔を思い出すだけで、ドキドキが止まらなくなる。
　あたしはいつの間にか……虎ちゃんのことが、好きになってしまったみたい。

第5章
チャラくてキケンな、あたしの彼氏

俺を好きになれよ

　初めてキスをした日から、夏休みの間になにかと口実(こうじつ)を作っては家に遊びにきていた虎ちゃん。
　会えば会うほど、その魅力にハマッていく。
　バカばっかり言ってるけど、その分いつもあたしを笑顔にしてくれる。
　嵐から聞きだしたのか、あたしのアドレスや番号をいつの間にか知っていて、毎日のように電話やメールが来る。
　チャラいと思っていた虎ちゃんは、結構マメで、なにかとあたしを気にかけてくれる。
　毎日がホントに楽しくって、あっという間に夏休みが終わってしまった。
　前に比べたら断然、笑うことが多くなったし、虎ちゃんと出会ったことで、あたしも少しずつ変わりはじめているのかな？
　そう思うものの、あたしたちはまだ付き合っていない。
　だって、キスして好きになりました……って、いかにも軽い女みたいだし。
　ここで簡単にOKしたら、軽く見られそうな気がしてしまって……不安なんだ。
　だけど、この気持ちはあたしの中で育っている。
　思っていたよりすごく優しくて、マジメになろうと努力している虎ちゃんのことが、好き。

今のいい関係がもう少し続くなら……がんばって、あたしから告白しようと思ってる。
　いつか必ず、好きって言うんだ。

　２学期が始まって１週間。
　終業式の日に、嵐扮する乙葉が教室で雄たけびをあげながら、虎ちゃんを投げ飛ばしたおかげで、女ヤンキーの異名が定着した。
　それは好都合で、今まではずかしくて下ばっかり向いていたあたしだけど、こっちが目をそらさなくても、他の生徒からそらしてくれるようになった。
　だから最近は、わりと堂々と前を見て歩けるようになってきた。
　それとも、虎ちゃんと一緒にいる時間が長いからかな？
　自信でみなぎっている虎ちゃんを見ていると、あたしまで強くなったような気がするの。
　自信って、そういうところからつくのかな？
　まぁ、どちらにせよ。いいことづくめ……。
　それに、最近ずっと大塚さんがあたしに優しい。
　今朝も登校して自分の席に着いたとたん、頭上から声が聞こえてきた。
「桃谷さん、今日って嵐くんは……体調、悪いの？　風邪？」
「え？　めちゃくちゃ元気だったけど……なんで？」
「ううん、いいの……もう少し、メール待ってみようかな。アハハ、じゃあね」

来るはずもない嵐からのメールを、ずっと待っている大塚さんがいじらしい。
　嵐は、大塚さんにはまったく興味ないのにね。

　今日すべての授業が終わり、門のところへ行くと虎ちゃんが待っていた。
　２学期がスタートしてから、毎日こう。
　うれしいような、困ったような……。
　どうしてかっていうと、虎ちゃんがウチの学校の門の前にいると、大勢の女子生徒が校舎からのぞいているのがわかるから。
　ただでさえ金髪で目立つのに、文句のつけようのないイケメンだし、なにかの拍子に、あの屈託のない笑顔で笑いかけられて、好きになる子が出てきたらどうしよう、なんて思っているあたし。
　これは完全に、嫉妬。
　だから、早く付き合えばいーんだよ。
　虎ちゃんもチャラいのやめるって宣言したし、彼女になれば他の子を相手にしないはず……。
　そうは思うけど、なかなかＯＫできずにいた。
「お待たせ……」
「全然、待ってねーよ」
　そう言って太陽みたいに笑う、虎ちゃんの笑顔がまぶしい。
　あぁ、ダメ。
　面と向かうと、「好き」なんて、とてもじゃないけど言

えそうにない。
　心では思っていても、言葉にするのが、こんなに難しいなんて……。
　ふたりで歩きだしたとき、虎ちゃんが思い出したように手をポンと打った。
「そーいやさ、嵐……最近ケータイの電源、切ってんだけど、なんでだ？」
「あ〜……イタズラメールが多いみたい……」
　それは、最後に嵐と入れ替わった日に、あたしが嵐の姿で黒板にアドレスを書いたせい。
　大塚さん向けに書いたんだけど、他の子たちもメモってみたいで。
　連日のように、いろんな子たちからメールが届くんだとか。
　しかも、あのときのあたしは、嵐が弥生ちゃんといい雰囲気になってきたことを完全に忘れちゃってたんだよね。
　ピュアな弥生ちゃんは、モテたくて嵐がアドレスを黒板に書いたんだと思いこんで、ショックを受けてしまった。
　ふたりにはちょっと悪いことをしたと思う。
　あたしがなんとか、ふたりを仲直りさせなきゃと思うんだけど、弥生ちゃんの方から嵐の話題を拒否するんだよね。
　困ったことになっちゃった。
「あの〜、ちょっといいですか？」
　ビクッ!!
　うしろから、女の子の声が聞こえた。
　振り向くと、花華の制服を着ているけど、見たことのな

い子が立っていた。
　もしかして、１年生かな？
　女の子は虎ちゃんを見つめている。
「となりの人、彼女ですか？」
　え。なんの確認？
　ギョッとしていると、虎ちゃんがあたしを見てニヤニヤと笑う。
「ど〜かな、コイツに聞いて」
　なっ……。
　虎ちゃんは、あたしに振ってきた。
「どうなんですか、付き合ってるんですか!?　毎日一緒に帰ってるけど、タイプがちがいすぎるし……絶対ちがうって思ってて。もしかして、兄妹？　それならうれしいな」
　あたしと虎ちゃんが兄妹？
　だったら恋愛できないし！　そんな事実、イヤすぎる。
「兄妹でもないし……まだ、付き合ってない」
　あたしはそう言い残すと、振り切るように早足で歩きだした。
「おい、待てって」
　あわててうしろから虎ちゃんが追いかけてくる。
　今の女の子の言い方だと、虎ちゃんのことが好きで、コクるつもりだったのかも。
　……だから、校門の前で待たれるの、イヤだったんだよ。
「もう、学校に来ないで」
　つい、冷たい言い方をしてしまう。

「それって、俺と一緒のところを見られるのが、はずかしいから？」
「そうじゃないよ……」
「だったら、そんなこと言うなよー。毎日迎えにくるの、楽しみなんだぜ？」
　う、うれしい。
　言葉で言えない代わりなのか、あたしは無意識のうちに、虎ちゃんの制服の裾をつかんでいた。
　そして、虎ちゃんもそれを見逃さない。
「そんなとこ持ってないで、手、つなぐか？」
「えっ……」
　虎ちゃんが有無を言わさず、あたしの手を握ってきた。
　聞いたくせに強引なんだから……。
「アイツ、俺のこと好きオーラが出まくってた」
　虎ちゃんがつぶやく。
　やっぱり!?
　だけど認めたくない。
「そんなの出てなかったよ」
「いや、出てたね。乙葉には内緒にしてたけど、この１週間で、花華女子の女、何人かに声かけられた」
　えええええーっ!!
　あたし、ピンチ!!
　今、心臓が飛び出そうなぐらい、バクバクいってる。
　うわぁ……やっぱり、モテるんだ。
　毎日あたしのことを待ってるって知っていても……うう

ん、相手があたしだからこそ、みんな余裕なのかもしれない。
　ひとり落ちこんでいると、
「今、彼女いないしな〜。どうすっかな」
　と、試すような顔して見てくる。
　この顔は、あたしを焦らせようとしてるよね!?
「……そんなの、知らないよ」
「ホントお前は、いっつも他人事みたいに言うな〜」
「だって、他人事だもん！　あたしには関係な……」
「あっそ。だけど、お前の言うとおりに動いてやる。どうしてほしい？」
　なっ……。
「じゃあ……タイプの子に声かけられたら、付き合えば？」
　しれっと言ってみるけど、ホントはイヤ。
　虎ちゃんが他の子と付き合うなんて、考えたくもない。
「タイプの女……そういえば、いたかも」
　えっ、どんな子!?
　気になるよ！
　なのに、あたしは素直になれない。
「いいじゃない、付き合えば？」
　イヤだよ……虎ちゃんには、あたしだけを好きって言っててほしい。
「……わかった」
　虎ちゃんはそれだけ言うと、あたしの前に立った。
「だけど、そんなことしたら、結果的にその女を泣かせることになるけど……それでもいい？」

第5章　チャラくてキケンな、あたしの彼氏　>> 245

「え……」
「好きでもないのに付き合って、むなしい思いをすんのは、ソイツだからな。俺が好きなのは、乙葉だけなのに」
　ドキッ。
　虎ちゃんの切ない瞳。
　あたし、こう言ってほしかった。
　付き合っていいよって突き放しても、それでもあたしが好きだって。
「お前も、ひどい女だよな……。俺の気持ちを知ってて、そんなこと言うんだから」
「…………」
「マジでいいの？　乙葉が誰かと付き合えって言うんなら、マジでそーするけど」
　虎ちゃんは笑って、あたしのお腹を軽く拳で小突いてきた。
　他の子と付き合うなんて、イヤだよ。
　だけど、その気持ちをストレートに口に出すことなんて、できない。
「……そんなこと、できないくせに」
　照れ隠しもあって、虎ちゃんから目をそむけてわざと冷たく言ってしまう。
「ハハッ、まぁできるんだけど。そんなに言うなら1回ヤッて、また乙葉に戻ってこよーかな」
「なっ……なに言ってんの!?　そんなの絶対にダメだから!!　最低っ」
「だったら、俺がお前に集中できるように、早く答え出せ

よ」
　虎ちゃんはあたしにギュウってしがみついてくる。
「きゃっ」
「今は手に入らないけど……俺の女は、お前だけだって思ってる」
　うれしい……。
　ホントは、その言葉が聞きたかったの。
　遠まわしに試しているあたしは、相当性格が悪い。
「あ、うれしそう……」
　ひっ、バレてる！
「うれしいわけないから」
「お前のその、俺をにらむ顔つき……そそられる」
「なっ……なにそれ!?」
　にらんだのが逆効果だったみたい。
「もう、他の女じゃ満足できねーの。そうやって俺に冷たく接するの、お前ぐらいだし」
「はぁ!?」
　口の端を少しあげニッと笑って、あたしの頬を指で弾く。
　にらんだ顔がいいとか、冷たくされるのがいいなんて、虎ちゃんがよくわからない。
　あたしのことをいいっていうぐらいだし、やっぱり相当趣味が悪い!?
　そう、思っていたら。
「俺に気い遣ってないってことだろ？　そーいう付き合いの方が、俺は楽なんだよ」

ドキッ。
　たしかに……そうかも。
　虎ちゃんに対してビビッたのは、最初の頃だけ。
　チャラいはずが、ホントは優しいし、一途すぎてうっとうしいぐらい。
　ヤンキーだけど、今はもう怖いなんて思わない。
　あたしの魅力を引き出してくれる、貴重な存在だよ……。
「付き合いって……付き合ってないし」
　はぁ、ここであたしも、「虎ちゃんといたら素の自分になれるよ」って言えればいいのにね。
「はいはい。お前は、付き合ってない男とキスするような女なんだもんな。まったくひどい女だよ」
「それはっ……虎ちゃんが……」
「はーい、了解。全部、俺のせいにしていいから、今日俺んち来る？」
　ドキッ。
「その流れで、どうして家に誘うの!?」
「ん？　ふたりっきりになりたいからに決まってるだろ」
「だから、付き合ってないって言って……」
「はーい、決定！」
「なにが決定なの!?　絶対に行かないから」
「はいはい。外いても暑いだけだし。俺んちで、涼もうぜ」
「まぁ……それなら」
　って、あたし流されてるし!!
　いやいや、ついていって無事に帰れるわけがない。

「あたし……帰ります」
「んあ？　そんなの俺が許すと思う？」
　気がつけば、虎ちゃんがあたしの髪を引っぱっている。
「やめてよ……」
「俺の言うこと聞かないと、今すぐこの髪、切り落とそうか？」
「は……？」
　言ってる意味がわからない。
　キョトンとしていると。
「髪切ったら、嵐と見分けがつかなくなる。アイツに女装ぐせがあるって言いふらしてもいーけど……」
「それは、どういう……」
「おっ、あそこに俺らの天敵、鳳凰第一高校のヤンキーがいるな〜。こないだ嵐が顔面に蹴り入れて、逃げてきた相手じゃん」
「えっ!!」
　もうヤンキーに追われるのはコリゴリ。
「おーい、こっちに……フガッ」
「余計なことしないで!!」
「だったら俺の言うこと、素直に聞けよ」
「それは……」
「やっぱり髪を……」
　もう！
「行くわよ!!　行けばいーんでしょ!?」
「聞きわけいーじゃん」

なんでこんな風に、半分脅しの状態で行かなくちゃなんないの!?

　そう思ったのに、虎ちゃんの家で過ごすうちに、なんだか甘い雰囲気に。
　虎ちゃんのペースに流され、キス、キス、キス……。
　チュッとするかわいいキスから、優しく包みこまれるような優しいキスまで。
　「好きだよ」って何度もささやかれて、抱きしめられながらのキスは、虎ちゃんからの愛を感じる。
　けど、ふと思うの。
　この甘い言葉は、この先もずっと続くのかな……って。
　なんだか不安になる。
　キスの合間に、虎ちゃんがあたしをじっと見つめる。
　そんなに見られると、はずかしいよ。
　目をそらすと、虎ちゃんがフウとため息をついた。
「俺のこと、もてあそんでる？」
「えっ？」
「乙葉は、俺とキスしたいだけなんだろ？　そこに好きって気持ちはない」
　そっ……そんなことない！
　ホントは、好きなの。でも、言えないだけで……。
　でも、状況的にはそう思われても仕方がない。
　黙っていると、虎ちゃんがあたしから少し体を離した。
「ひどい女だよなー。こんなに好きだって言ってんのに。

ここだけじゃなくて、心も俺にくれよ」
　唇を指で弾かれ、ドキンと胸が跳ねる。
「俺、こんなに女に夢中になったの、はじめてでさ。どうしたらいいか、わかんねーよ。このまま監禁しよーかな」
「はいっ!?　虎ちゃん、それ犯罪だから」
「もうこの際しょーがねえし」
「大丈夫!?」
「大丈夫じゃない……病んでる」
「うん……病んでるね」
「お前が俺のこと好きならいーのに……」
　もう、好きだよ。
　今ここで言ってしまおうか。
　だけど、言ったあとが……なんとなく怖い。
　あたし、今日は帰してもらえないような気がする。
　虎ちゃんの両親は出かけていて、今日もいなかった。
　だから、言うなら帰るときに……。
　そう思っていると。
「…………」
　いつもしゃべりっぱなしの虎ちゃんだけど、めずらしく無言が続いた。
　なんだか気まずい。
　すると、虎ちゃんが立ちあがった。
「もう帰る？　送ってこーか」
「え……ありがと」
　言われるままに、カバンを持って玄関を出る。

「ひとりで帰れるから」
　マンションのドアの外で虎ちゃんに背を向ける。
「送ってくっつってんだろ？　送らせろよ」
「いいよ……」
「あ？　やる気かぁ？」
　すぐにケンカ腰になる虎ちゃん。
「も〜！　怒らないでよ」
「怒ってねーから。心配してんの。お前、ひとりで歩いてたら、またヤンキーに絡まれっぞ？」
「心配しなくて大丈夫！　今は嵐じゃないんだから」
「そぉか？　そんなに言うならいーけどな」
「じゃーね、バイバイ」
　帰り際に好きって伝えようとしてたのに、やっぱりダメ。
　あたしって素直じゃない。
　ひねくれてるって自分でもわかってる。
　でも、どうしても言えないよ。

ホントは、どっちが好きなの!?

　結局、虎ちゃんに想いを伝えられないまま、エレベーターに乗って1階までおり、マンションを出て歩いていると……。
「乙葉!?」
　わっ!
「なっ……なんで、嵐がここにいるの!?」
「今から友達んち行くとこ。乙葉は？　あっ、弥生ちゃんと一緒か？」
　なんか、うれしそうにしてるけど。
「弥生ちゃんは、いないよ」
「そっか……俺、嫌われてんのかな。連絡しても全然、電話に出てくんねーし」
「それより前に、ケータイの電源切ってるから連絡できないんじゃないの？」
「マジかよ!!　だからか……でもな〜……電源入れたら、大塚から電話がかかってくんだよ」
「アハハ……気に入られてるもんね」
「アイツ、うぜぇ。断ってんのに、わざと冷たくしてるんだ？とか言ってきて、全然話、通じねーし」
「そうなんだ」
　うん……わかるかも。
　おそろしくプラス思考だもんね!?

「あ〜、どうやったら弥生ちゃんと連絡取れる？ 学校まで行くと、ダッシュで逃げられるし……」
「嵐が必死すぎて怖いんじゃない？」
　弥生ちゃんはただ傷ついてるだけなんだけど、ちょっとイジワルで言ってみた。
「やっぱ、そーか!? 今まで放っといても女が寄ってきたから、こういうとき、どう攻めたらいいかわかんねーよ」
　本気で悩んでるし。
　そんな横で、贅沢な悩みだなと冷静に思っちゃう。
　だけど、うまくいきそうだったふたりが連絡を取り合わなくなったのは、あたしの責任でもあるし。
　嵐も、弥生ちゃんには本気っぽいから……少し協力しようかな。
「今度、弥生ちゃんを家に連れてくるね」
「マジかよ!! 乙葉、お前っていいヤツ」
「大塚さんには、ちゃんと断ってね」
「ゲッ、もうかかわりたくねーのに。あのヤロー、マジムカつく!!」
　嵐が大声で叫んだとき。
「あ!? テメー、ムカつく面してんな。……って!! お前、こないだの……」
「やっべ……なんで、こんなとこにいんだよ!!」
　今日虎ちゃんと見かけた、鳳凰第一高校のヤンキーに遭遇！
　あろうことか、嵐はあたしを、ソイツの目の前に突きだ

した。
「今叫んだのは、コイツです！　ちなみに、アンタの顔面蹴ったのもコイツ。俺は、双子の弟で、いつもコイツにイジメられてて……」
「……はぁ!?　フザけんな！　嵐っ、アンタってホントに卑怯……」
「どっちでもいーわ。双子？　おもしれぇ。まとめてかわいがってやるよ」
　ひぃぃ——っ！
　ヤンキーはあたしの胸ぐらをつかむと、そのまま道の端に投げとばした。
　——ズサッ！
　いった〜い!!
　膝、すりむいたし！
　顔をあげると、ちょうど嵐がヤンキーと格闘（かくとう）しているところだった。
「ヤベッ……コイツ、強（つえ）ぇ！」
「当たり前だろ！　俺がこの辺を仕切ってんだよ」
　後者が嵐ならいいんだけど、残念ながらそれはヤンキーのセリフ。
「痛ぇっ!!　離せ——っ。すんませんでした!!　謝るから——っ」
　うしろ手に両手を拘束（こうそく）され、なんともあっさり降参している嵐。
　我が兄ながら、はずかしいわ。

男なら最後まで戦いなさいよーっ!
「この前は不意打ちだったしな。今日は、ここまでか？　……そういや、お前女みたいな顔してんな……」
　あぁ……禁句を言ってしまったのね。
「るせ──っ!!　俺は……女じゃね───っ!!」
　おおっ!
　驚異のパワーで、ヤンキーを跳ね飛ばす。
　……と思ったけど、そう簡単にはいかないみたい。
　嵐はヤンキーに足を引っかけられ、地面に倒された。
「いってぇ……」
「大丈夫!?」
　あたしは地面にうずくまる嵐に、駆け寄った。
「お前、なんで来んだよ……今のうちに逃げれば？」
　嵐はあたしの方を見ようともせずに、くやしそうに顔を歪ませる。
「逃げるって……そんな、アンタ置いて逃げられるわけないでしょ!?」
　嵐はたしかにムカつくけど、こんなでも一応、お兄ちゃんだし。
「今まで乙葉にひどいことばっかしてきたのに……。俺、乙葉と同じ顔ってことが許せなかった。だから、小さいときからお前のことイジメてたんだ」
「……え」
　嵐が突然そんなことを言いだしたことに、あたしは驚きを隠せなかった。

ヤンキーが襲ってこないか確認すると、仲間を呼んでいるみたいで、ケータイで誰かと話している。
「わざとお前が怖がるようなことばっかりして、恐怖心を植えつけた。同じ中学に来ないように、周りに乙葉を嫌いになるように仕向けた」
　ウソ……。
　あたしが人と話すとき緊張するようになったのって、嵐のせいだったの？
　そう言われてみれば、小学校の子と同じ中学に行くのがイヤだから、あたしは中学受験をしたんだった。
「ウソ……嵐、そんなのウソだよね？」
「ウソじゃない……。いっつも女にまちがえられて。俺は男なのに……すごくそれがイヤだった。全部、乙葉のせいだって決めつけてた」
「そんな……。嵐は小学校でもモテてたよね!?　誰も嵐のこと女の子だなんて言わなかったよ？」
「お前が知らないところでは、そうだった」
　虎ちゃんに聞いて、嵐は女顔がコンプレックスだってことを最近知ったけど、そこまで思い詰めてたなんて……。
　あたし、全然気づかなかった。
　あたしは、ずっと嵐がうらやましくて。
　イジワルされても、平気っていうか。
　きっと嵐は、あたしとは別次元の人で、双子なのに、どうして神様は、こんなにふたりに差をつけたんだろうって、ずっと思ってた。

近づこうと思っても、近づけない。
　あたしにとって、嵐は憧れの存在だったのに。
「あたしね……嵐にずっと憧れてた」
「えっ……」
「あたしと同じ顔の、まったく別の人生を生きてる男の子。嵐みたいになりたいな、ってずっと思ってた。女の子にモテて、やりたいようにやって。あたし、次に生まれるなら、男の子がいいなって。そんな風に思ったこともあったよ」
「乙葉……」
　嵐は申し訳なさそうな顔をしている。
「ひとりじゃ勝てないけど……あたしたち、ふたりでがんばれば、なんとかなるんじゃないかな」
「……そーかな」
「そうだよ。だってあたしたち、双子だよ？」
「乙葉……」
　嵐と気持ちがつながった今、なんでもできそうな気がしていた。
「嵐、今のうちに逃げよ！」
「やっぱ、逃げんのか！」
　嵐がブハッと吹いた。
「逃げる？」
　しまったー！
　今の声で、ヤンキーがあたしたちの方を向いた。
「逃げてんじゃねーよ」
　ひいっ!!

逃げようとしたあたしを、うしろから誰かが引っぱる。
「キャーッ!!」
　そう簡単には、逃げられなかった！
　必死で暴れるけど、力強い腕に閉じこめられてしまう。
「ひゃっ!!」
　なっ……なに!?
　締めつけられるというよりは、絶妙な力かげんで、守られているような温もり。
　あたしはこの感じを、よく知ってる……。
　顔をあげると同時に、うれしそうな声が頭上から降ってきた。
「乙葉〜、他の男についていくなって、いつも言ってんだろ？」
「虎ちゃん!!」
　そう、あたしを抱きしめていたのは虎ちゃんだった。
「あと……嵐、逃げてんじゃねぇよ。ヤンキーの名門校、荻高の名前に泥塗る気？」
　ヤンキーの名門校って！
　全然いばれることじゃないんだけど……。
　だけど、虎ちゃんが来てくれて、すごくホッとしているあたしがいる。
　今まで切羽つまっていた嵐も、なんだかうれしそう。
「だって、ソイツ強すぎて……」
「言い訳すんな」
　虎ちゃんに叱られ、嵐はシュンと肩をすくめている。

「お前、どこのどいつだ？」
　ヤンキーが虎ちゃんを威嚇(いかく)してくる。
　だけど、虎ちゃんは余裕そうに笑っていた。
「俺のこと、知らねぇの？」
「は？　知るわけねーだろーが!!　テメーみてぇな弱そうなヤツ、この俺様が知るかよ」
　ヤンキーに怒鳴られビクッとするあたしに反して、虎ちゃんはやっぱりヘラヘラと笑っていた。
「俺のこと、ナメてたら……血ぃ見るよ？」
　や……ヤバい。
　なにかが起こりそうな予感……。
　虎ちゃんは笑っているけど、『弱そうなヤツ』なんて言われて、きっと怒ってるはず。
　だって……近くで見るとよくわかる。
　青筋立ってる……。
「嵐、乙葉連れて先に帰れ」
　虎ちゃんはあたしを嵐に突き出すと、ヤンキーの方へ歩みよる。
「テメー、ヤる気かコラ」
「売られたケンカは買う主義でね。死にたいって言ってるみてーだし、俺がその願い、叶えてやるよ」
　ひっ……なに言っちゃってんの!?
「嵐、虎ちゃん大丈夫なの!?」
「全然ヘーキ。っていうか、相手の心配した方がいいかも。虎ちゃんのやり方って、ハンパないから……」

そういえば、前にあたしがヤンキーに絡まれたときも、相手のヤンキーが泣いて謝ってたっけ。
「うおりゃああぁぁっ!!」
　ヤンキーが虎ちゃんに向かっていく。
　きゃっ!!
　見ていられなくって、あたしは思わず目をそむけた。
　──ドスッ。
　えっ!?
　にぶい音が聞こえたかと思うと、ヤンキーがその場に崩れ落ちているのが横目に見えた。
「くっ……そ。油断した」
「はぁ？　確実に狙ったのに、負け惜しみかよ。お前、俺のこと知らないって言ったよな。だったら、ちゃんと覚えとけ？　俺が荻高の小田だ」
「お……小田っ!?　ウソだろ……」
「ウソじゃねぇよ。オラ、まだまだ続くぜ？」
　いやっ……！
　虎ちゃんがヤンキーの体を、足で軽く踏んだだけなんだけど、あたしはなんだか怖くなって、嵐にギュッとしがみつく。
「嵐……虎ちゃんを止めて!?」
「へ!?」
「虎ちゃんって、手かげんを知らなそうだもん……」
「そうだけど。俺が言って聞くよーな虎ちゃんじゃないしな」

「兄貴――っ!! すんませんでした。俺がバカでした!!」
　虎ちゃんにボコボコにされると察知したヤンキーが、土下座をして必死に謝っている。
「テメーの兄貴になった覚えはねぇんだけど？」
「ぎゃー！　ごめんなさい、許して――っ!!」
「虎ちゃん！　そんなに謝ってるんだから、許してあげてよ」
「乙葉が俺を好きになるなら、やめてやってもいいけど？」
　なっ……。
　その言い方はシャクに障るんだけど？
　でも、もう……好きだもん。
　この気持ちを、あたしはどういう風に伝えればいいのか。
　だけど、このタイミングで言うのはイヤ。
「そんな交換条件はのめません！」
「おー。だったらコイツをなぶり殺すだけだな……」
　虎ちゃんが襟もとをつかむと、ヤンキーは「ひーっ!!」っと叫んで、白目を剥きながら今にも気絶しそうになっている。
　さっきまでの威勢はどこへやら。
　てか、虎ちゃんって、そんなに怖いんだ!?
「大丈夫だって。コイツ、虎ちゃんのこと好きだから」
　横から出てきた嵐が、勝手にそんなことを口走った。
「ちょっと!!　嵐、なんてこと言うのよっ!!」
「マジで!?」
　虎ちゃんはヤンキーを地面に投げ捨てて、すぐにこっちへ走ってきた。

「そ。だってさ、乙葉は嫌いな相手とは目も合わせなきゃ、自分から話そうともしないはず。だけど虎ちゃんとは、ちゃんと話してるだろ?」
「マジ?」
　虎ちゃんはあたしをじっと見つめてくる。
「べ……べつに、そんなんじゃ……」
「俺がそういう風に仕向けたからわかる。コイツ、人間嫌いだから、心を開いた相手としか話せねんだよ」
　あっ……嵐!!
　どうして、そんなことバラすのよーっ!!
　嵐の言葉を聞いて、虎ちゃんは満足そうに微笑む。
　そして、あたしの腕を引っぱった。
「お前、俺のこと好きなんだ?　だったら早く言えよ……キスだけの関係がいつまで続くのかって、散々悩んだっつの」
「おっ……乙葉!?　お前、もう虎ちゃんと!?　お前ってヤツは……。マジメなフリして、やることやってんだな」
　嵐がビビりまくってる。
　さ……最悪だ。
　こんな形で、あたしと虎ちゃんとの関係が発覚してしまうなんて。
「俺が強引にしてるだけ……コイツは、イヤイヤ従ってる」
　虎ちゃんがさびしそうにつぶやいた。
　そんな……あたし、イヤイヤなんかじゃなかったよ。
　虎ちゃんがキスしてくれるたび、ドキドキして……。

優しく見つめられて、好きって言われると、もっと虎ちゃんに近づけた気がして、すごく、うれしかったの。
　だけど……正直に言えなかった。
「イヤイヤ!?　まさか、イヤがる乙葉をムリヤリ……おいっ、さすがにそれは俺も許せねー」
　嵐が虎ちゃんをキッとにらむ。
「悪い……抵抗する乙葉がかわいくて」
「テメェッ!!　俺の妹になんてこと……」
「やめてっ!!　ちがうの」
　嵐が拳を振りあげたから、あたしはその腕をギュッとつかんだ。
「ちがうの……強引にされたわけじゃないの。だけど、自分の気持ちがよくわからなくて……まともに恋愛したこともないし、流されてるだけなのかなって……」
「じゃあ……ムリヤリされたわけじゃねーんだ？」
「うん……」
「そっか。なら、いーけど……」
　ホッ……。
　あたしのホントの気持ちには突っこんで聞かれなくてよかった。
　チラッと虎ちゃんを見ると、ホッとしたような表情を浮かべている。
「嵐にそんな感情があったなんてな。やっぱり兄貴だな……」
　うん、ホントにそうだよ。
　ヤンキーにあたしを突きだそうとしたし、あたしの人格

形成も、嵐によって成(な)されたと言っても過言(かごん)じゃない。
　だけど……。
「……ま、ただ俺が、ほんの少し先に産まれただけのことだけどな？」
　照れくさそうにつぶやく嵐を見て、この人も素直じゃないんだなーと、あたしはひそかに思った。
　いつの間にかヤンキーは逃げていて、この場にはあたしたち３人しか残っていなかった。
「さて、帰るか」
「そーだな」
「じゃあ、あたしはこれで……」
　そそくさと帰ろうとしたら、虎ちゃんにうしろから抱きしめられた。
「わぁっ!!」
「逃がすと思ってんの？」
「ひっ……。あたし、送らなくていいって言ったよね？ どうして、おりてきたのよっ」
　話をそらすのに、必死。
　だけど、虎ちゃんがそんな手に乗るはずもなく。
「コンビニ行くつもりだった……って、そんなの今どーでもいーし。このまま帰すと思う？　俺のこと、もっと好きになるよーに調教してやるよ」
　ちょっ……調教ってなに!?
　ヤダ……めちゃくちゃ怖いんだけど！
「乙葉、がんばって」

「あたしも連れて帰ってよー‼　それでもお兄ちゃんなの⁉　見殺しにしないでっ」
　笑顔で帰ろうとする嵐に叫ぶ。
「知らね……じゃーな」
「ウソー‼」
　あたしの叫び声もむなしく、体はガッチリと虎ちゃんに捕まえられている。
「お前なー。もっとうれしそうにしろよ。これからいっぱい愛してやるからな？」
「もっ……もういい！　あたし、帰る───っ」
　本気で叫んだからか、虎ちゃんはあっさり手を離してくれた。
「そこまでイヤがる？　素直になれないにしても、限度があるだろ」
　しまった……。
　さっきまでフザけていた虎ちゃんの機嫌が、一気に悪くなった。
「面倒くせーな、お前」
　ズキッ。
　あたしが招いた結果だけど、今の言葉はかなりキツい。
「…………」
「その面倒さが、たまんねぇ」
「……えっ？」
「嵐より、イジりやすそう」
　……ええっ⁉

「ちょっ、虎ちゃん!?」
「お前ら兄妹、よく似てるよ。揃って、俺のタイプだな〜」
　タイプ!?
　それって……ま、まさか……。
「虎ちゃんって、入学式で嵐を女の子とまちがえたんだよね？　ホントは嵐のことが好きだったりして……」
「ハハッ、ま……どっちでもいんじゃね？」
「……えっ？」
「おっ、そうだ。今から見たいテレビがあるんだった。乙葉もイヤがってるし、今日はおとなしく帰るな」
　コンビニに寄るって言っていた虎ちゃんは、マンションの方へと消えていった。
　え……と。
　嵐とのこと、ちゃんと確かめたかったのに。
　こんな状態で、あたしを置いていかないでーっ！

　そのまま家に戻ってきたけど、モヤモヤがとれない。
「どっちでもいんじゃね？」っていうのは、どういうこと？
　ただの冗談？
　あたしは女で、嵐は男だよ!?
　虎ちゃんは、あたしだけを好きなんだよね？
　気になって仕方がない。
　あたしはすぐに、嵐の部屋へ向かった。
「虎ちゃんって……ホモじゃないよね？」

部屋のベッドに寝転び、ケータイをさわっている嵐に話しかける。
「は!?　なわけねーだろ！　いたってノーマルだ」
　質問が唐突すぎたのか、驚いてガバッと起きあがっている。
「そっか……ならいいんだけど……」
「どした？」
「ううん……。あっ、嵐……今、弥生ちゃんにメールしてたの？」
「いや？　電源切ってるから、こーやって、たまにメールチェックしねぇとな。そーいや、虎ちゃんから呼び出しかかった。今すぐ来いって」
「えっ!?　今すぐに会いたいって？」
　嵐に詰め寄ると、苦笑いしている。
「いや、会いたいとはちがくね？　お前もなんで帰ってくんだよ。ヒマだから俺が呼ばれたっつの。今帰ってきたばっかなのに……行くの面倒くせぇ」
「あたし……行こうかな」
「……へっ？」
「嵐のフリして、虎ちゃんのところに行ってくる」
　嵐が好きなのか、あたしが好きなのか……確かめるのに、ちょうどいい機会かも。
「マジで!?　ケンカに付き合わされたら、どーすんだよ」
「そのときは、正直に話す」
「……ま、いっかぁ。虎ちゃんも乙葉と会う方がうれしいだろーし。行ってこいよ」

「うん」
　なぜか、嵐に嫉妬しているあたし。
　女の子に妬くならまだしも、男。
　しかも、自分のお兄ちゃんに。
　それってどうなの？

　結局、虎ちゃんの都合で、会いにいくのは夜遅くに。
　時間になり、あたしはウィッグをかぶって重い前髪を横に分ける。
　鏡の前で気合いを入れて、あたしはまた嵐になる。
　イヤだと思ってたけど……結構、この姿が好きかも。
　ちがう自分になるって、疲れることもあるけど楽しい。
「いってきます!!」
「おう」
　あたしを見て、虎ちゃんが一発で見分けられるようになるまで、あたしの嫉妬はきっと続くんだ。
　でも、男なんかに負けてられない。
　待ち合わせは、深夜の公園。
　ここに来るまでは明るい道を通ってきたけど、やっぱり怖い。
　早く、虎ちゃんに会いたい……。
　公園の中に入ると、虎ちゃんがひとりでベンチに座っていた。
「お待たせ」
「おう……嵐、ひとり？」

「うん」
「そっか。まぁ、ここに座れよ」
　いつになく落ちついた虎ちゃんにドキドキしながら、となりに座る。
「乙葉のことなんだけど……」
　ドキッ!!
　もしかして、あたしのことで相談があったの!?
「乙葉が……どうかした？」
「ヤバい……かわいすぎて、マジでヤバいんだよ」
　え……。
　ポッと赤くなるあたしの顔。
　暗いから、きっと気づかれてはいないはず。
「そ……そりゃ、俺の妹だから……」
　なんて、あたしも答えてみる。
「歓迎されてないのに学校まで毎日迎えにいって、会えばキスばっかして。きっと俺……ウザがられてるかも。さっきも、本気でイヤがられたしな。アイツ、なんか言ってなかった？」
「え……べつに……」
　とぼけてみるけど、迎えにきてくれてうれしい顔ができないのは、他の子が虎ちゃんを見ているからだよ。
　なんて、嫉妬心、丸出しなことは言えない！
「そっか……なら、いい。よし、帰るか」
　……へ、それだけ？
「もう帰るの？」

「おう。呼び出して悪かったな」
「それって、メールか電話じゃダメなわけ?」
「会って話したかった。お前見てると、乙葉と一緒にいるみたいでうれしくなる。今だって、なんかドキドキしてっし……こんな時間に、乙葉に来いとも言えねぇしな」
　あたしといるみたいで、ドキドキする!?
　それって……。
　やっぱり、虎ちゃんは嵐のことが!?
「虎ちゃん……俺、そーいう気ないんだけど」
「俺だってねーっつの」
　虎ちゃんはケラケラと笑っている。
　そうだよね。
　いくら荻高で、嵐が男に好かれてたことがあるっていっても、まさか虎ちゃんが男に興味あるとか、そんなことないよね。
「でも……試してみる価値はあるかな」
「……へっ?」
「乙葉と嵐……俺はどっちが好きなのか。今、ここで」
「たっ……試すって?」
「俺とキス、してみる?」
　いや〜〜〜〜〜っ!!
　やっぱり!!
　虎ちゃんは、あたしでも嵐でも、どっちでもよかったんだ!?
　だって、入学式のときに嵐を女の子とまちがえぐらい

だし。
　はじめて家に来たときも、女装した嵐を気に入ってたし。
　ううん、むしろ、あの乙葉の方が……積極的で好きなのかも。
　それってつまり、嵐に恋したってことで。
　それで嵐が女だったら、なにもかもがちょうどいいわけで。
　あたしが嵐と双子じゃなかったら、好きにもなってもらえなかったかもしれない。
　うっ……泣きたい……。
　メソメソしていると、虎ちゃんがあたしの顔をのぞきこんでくる。
「おいおい……泣いてんの？　いつもと全然ちがうな。俺は女じゃねーっ!!って、かかってこいよ」
「だって……」
「ったく。そこまでして、俺に会いたかった？　ホントお前は素直じゃないな……」
　虎ちゃんに抱きよせられ、ハッと気づいた。
「虎ちゃん……」
「乙葉だろ？　わかってるから……」
「ううっ……気づいてて、あんなこと言ったんだ。あたし、ホントに虎ちゃんが嵐のこと好きなんじゃないかって……心配で」
「はぁ？　なわけねぇじゃん。なにを心配するかなー……。ってか、嵐と乙葉……似てるけど、俺からしたら全然ちがうから」

「ホントに……？」
「あぁ。乙葉からは……いー匂いするし」
　そう言って、虎ちゃんはあたしの首筋に鼻をすり寄せる。
「えっ!?　あたし、なにもつけてないよ!?」
　いい匂いがするっていえば、虎ちゃんこそ……。
　香水つけてるのかな？
「そーいう人工的な匂いじゃなくて。フェロモン？　俺を惹き寄せる、い〜匂い」
　なんか、そういう言い方されると、はずかしい……。
「そ……そんな匂い、するわけないし」
「すんだよ。俺にしかわからない匂いが。目ぇつぶってたって、乙葉だってわかる。だから……余計な心配すんなよ」
「うん……」
　虎ちゃんの腕にギュッと閉じこめられて、あたしの心拍数は一気に跳ねあがる。
　うれしいな……。
「そんなに俺に会いたかった？」
「そっ……そうじゃないよ。虎ちゃんが嵐を呼び出すから、心配になって」
「ハハッ、そーなんだ？」
「うん……」
「だったら、また、荻高に潜入する？　今さらムリだけど、同じ学校ならよかったよな……」
　ホントにそう思う。
　学校って、1日のほとんどを占めているからね。

好きな人と、できるだけ長い時間、一緒にいたいよ。
　最近は荻高に行くこともなくなった。
　それが少しさびしくもあったり。
　虎ちゃんに会えないっていうのもあるけど、嵐になると、あたし自身、元気が出る。
　ヤンキーには狙われるけど、別の人になりきるって結構、楽しかった。
　って、そっ……そうだった。
「ヤンキーに狙われるから、やめとく」
「そんな理由？　そんなの俺が全部、蹴散らしてやるよ。だから安心して来いよ」
　ドキッ。
　虎ちゃんがそう言うなら、行ってみたい気も。
　学校がちがうから、同じクラス……しかもとなりの席で、好きな人と授業を受けられるなんて、夢のよう。
「嵐に……相談してみる」
「ハハッ、なんだそれ？　アイツ、大歓迎だろ。弥生のことも気になるだろーし」
　そうなの。
　あたしの説得では、弥生ちゃんの心を動かせそうにない。
　だから、嵐があたしになって、うまくフォローしないとムリかもしれない。
　モテ男なだけに、そういう意味では、嵐は女の子の扱いがうまいはずだから。
　大塚さんや、クラスの女子に言い寄られてることは置い

ておいて、あたしも一応、嵐が一途だってことは弥生ちゃんに何度も何度も説明した。
　だけど、もとから男嫌いのせいもあって、全然信じてくれなくて……。
「そのうち、荻高に行くね……」
「わかった」
　まぶたの上に軽くキスをされる。
「きゃっ……」
　不意打ちで、ビックリした。
「もぉ、子供は寝る時間だろ。早く帰って寝ろよ？」
「なにそれ……あたし、子供じゃないよ」
「フッ……そっか。なら、大人のキス……する？」
　わあっ……。
　甘い表情をした虎ちゃんが、キスしようと迫ってくる。
「だだだっ……ダメ!!　もう、夜です」
「は？　わけわかんね」
「あたし、こういうのが好きなの」
　頬にチュッとキスをすると、倍返しで返ってきた。
　頬にチュッ、おでこにチュッ。
「フフッ、くすぐったいよ……」
「乙葉……マジ好き」
　ギューッと抱きしめられ、もう逃げられない。
　このまま、ずっと幸せを感じていたい。
　チャラくてキケンなヤンキーだけど、その悪いイメージをカバーするぐらい、虎ちゃんって優しくて頼もしい。

第5章　チャラくてキケンな、あたしの彼氏

「虎ちゃん、大好き……あたしの彼氏になってください」
　やっと……言えた。
　自分の口から、「好き」って言えないことがずっと苦しかった。
　だけど今、気持ちが溢れて……初めてきちんと虎ちゃんに、好きって言うことができた。
　当然、虎ちゃんは驚いている。
「え……お前、今、なんつった？」
「あたしと……付き合ってください。ホントは、夏休み頃から、ずっと好きなの。虎ちゃんとキスすると、幸せな気分になるよ」
　虎ちゃんは、しばらく絶句していたけど、沈黙が絶叫に変わった。
「マジかよ!!　やったぜー!!」
　これでもかってぐらい、ギュッと抱きしめられる。
　熱い抱擁に、涙が出そうになる。
　こんなに喜んでくれるなんて、うれしい。
　あたしは今まで、なんの意地を張ってたんだろう。
「お前さ〜、うれしいこと言うなよ。そうか、せっかく理性保とうとがんばってんのに、挑発してくんなよな。あ〜もぉ、ガマンできねー」
　虎ちゃんはあたしをベンチに押し倒そうとしてくる。
　……え。
　ここはお互いの"好き"を確認して、ひたすら感動する場面じゃないの!?

「ストップ、ストップ!! あたし、そういう意味で言ってないってば。キャ———ッ!!」
「おいっ……テメ……そんな声出したら……」
「コラ——!! お前、そこでなにしてる!?」
　さっき虎ちゃんも叫んだし、あたしの叫びにも反応したのか、男の人の大声が聞こえてきた。
　スーツを着た男の人が、公園の中へ走ってくる。
「ヤッベ……逃げろ」
　虎ちゃんはあたしの手を引き、走りはじめた。
「待ちなさい!! こんなとこで女の子を……あれっ?」
　スーツの男の人は、あたしを見てギョッとしている。
「……あ、なんでもない。キミたち、遅くまで遊んでないで早く帰れよ」
　男の人は、そう言って去っていった。
　そしたら虎ちゃんが大爆笑！
「あっはっははは!! その格好でよかった」
「……だよねぇ。あたしたち、男同士でなにやってんだ？って感じだけど」
　そう。
　今は嵐の姿だから、男同士だって思われたみたい。
「ま、俺はどっちでも気にしねぇけど」
「や……もぉ、また言ってる……」
「え？」
「その言い方……嵐でもあたしでも、どっちでもいいって聞こえるの」

それがあたしの悩みの種なのに。
　そしたら、虎ちゃんがあたしの両手をギュッと握った。
「そーいう意味じゃねぇだろ？　中身が乙葉なら、どんな格好してよーがどうでもいいっつーこと。わかる？」
　頭をなでられ、あたしは軽くうなずく。
「うん……わかった」
「かわいーな。やっぱ、今日は返さねー」
「……えっ!?」
「俺の好きを、やっと受け止めてくれんだろ？　もう、止まんねーよ」
「う……わ」
「俺の部屋、来いよ。嵐が好きかも、なんて思えないようにしてやるから。どれだけお前のことが好きなのか、思い知らせてやる」
　いつもなら反発するところなのに、ドキドキがヤバい。
　虎ちゃんのまっすぐな気持ちが、うれしい。
　あたしも、今ならいいかな……って思えてきた。
　気持ちが通じ合った今、虎ちゃんがあたしを帰してくれるわけもなく。
　結局、また虎ちゃんの家に行くことに。

　ベッドに誘われ、終始甘い虎ちゃんを見ていたら、あたしもそんなに抵抗なく……。
　……あたしたちは、はじめてひとつになった。
「乙葉、こっち向けよ」

「ムリ……」
　行為が終わったあと、顔を合わせるのがはずかしい。
　今はもう服を着てベッドからおりているけど、さっきまでの出来事が夢のよう。
「遅くなったな……マジで泊まってく？」
　時計を見れば、もう０時をまわっていた。
「ううん、帰る」
「そっか、送ってく」
「ありがとう……」
　送ってもらう間も、あたしたちには会話がなかった。
　虎ちゃんが何度か話しかけてきたけど、あたしがうつむいたまま生返事をしていたから。
　家の前に到着すると、虎ちゃんが突然、頭をさげた。
　……えっ？
「ごめんな、つい勢いで抱いたけど……マジでお前のことが好きだから。……俺のこと、嫌いになった？」
　ツラそうな虎ちゃんの表情を見て、涙が出そうになった。
　はずかしくて目をそらしていたけど、あたしがしていたことは、虎ちゃんを傷つけていた。
　虎ちゃんや嵐のおかげで、少しずつ変わりはじめたあたし。
　都合が悪くなればうつむいて、現実から目をそらす……そんな乙葉には、もうサヨナラしたかった。
　昨日より今日、さっきより今、あたしはどんどん虎ちゃんを好きになってる。
　口に出すのははずかしいけど、言いたいことは言わな

きゃ伝わらないよね。
　とくにあたしの場合は、思っているのと反対の態度を取ってしまうことが多いから……。
　思いきって、顔をあげた。
　すると、ちょうど顔をのぞきこんできた虎ちゃんと、バッチリ目が合ってビックリ！
「きゃあっ!!」
「ハッキリ言えよ。イヤならもうキスもしないし、学校にも迎えにいかない」
　や、そんな極端な……。
「え……と」
「あ、だけどやっぱ、たまには迎えにいっていー？　帰りに乙葉に会えると思ったら、学校行くのすげぇ楽しくて」
　かっ……かわいすぎる。
　思わず噴きだすと、顔をしかめられた。
「笑ってんじゃねーよ」
「もうっ、虎ちゃん……あたしにもしゃべらせてよ」
　立て続けに話しかけてくるから、弁解する隙すらなかった。
　虎ちゃんはしゃべるの大好き人間だから、ちょっと不服そうだけど、言うとおりに黙ってくれる。
　あたしは深呼吸をして、虎ちゃんをまっすぐに見る。
　虎ちゃんも、いつになく真剣な表情。
「あたしのこと……ずっと、よろしくね。素直じゃないし、はずかしくて目をそらしちゃうことも多いけど……虎ちゃんのこと、ちゃんと好きだから……」

言っ……言えた!
　まっ赤になっているはずの自分の顔を、手で覆った。
　すると、虎ちゃんがあたしの手に自分の手を重ねてきた。
「そーいうことか。照れんなよ」
　覆っている手を剥がされ、虎ちゃんのまぶしい笑顔が飛びこんでくる。
　虎ちゃんにそっと顎をつかまれ、軽く上を向かされる。
　目を閉じれば……もう、夢の世界。
　甘くて、ちょっぴりチャラくてキケンな虎ちゃんのキス。
　それでも……ヤンキー彼氏が好きなんです。
　こんなあたしは、すっかり虎ちゃんの魅力にハマッてしまった。
「好きだよ」
　そう言って、またキスを落とす。
　キスの合間に垣間見える、虎ちゃんの笑顔。
　屈託なく笑う、この笑顔も大好き。
　ちょっとおしゃべりなところも、頼もしいところも、もうなにもかも全部、大好きなの。
　これを口に出すのは、あたしにはまだハードルが高い。
　だけどいつか、言葉にできる日が来ますように……。

＊end＊

番外編

チャラ男も、たまにはマジで恋するんです

恋に悩む、嵐ちゃん

【嵐side】
　最近、なんだか俺の周りがさわがしい。
　……しかも、やたらと誰かの視線を感じる。
　昔っから、人の注目を浴びるのは好きだったけどな？
　だけど最近のそれは、今までのものとは少し異質……。
「嵐ちゃ～ん」
　次の体育に備え教室で着替えていると、うしろから誰かに抱きつかれた。
　おいっ！
　シャツ脱いだときに抱きついてくるとか、ありえねぇ。
「テメー……あっ、虎ちゃん！」
　虎ちゃんにテメーとか言ったら、シメられるっ!!
　あぶねぇ。
「なぁ、今日の乙葉どうだった？」
「え。今日の乙葉って？　べつにいつもどおり、冴えない感じで家出てったけど……って、痛えっ!!」
　いきなり虎ちゃんに頭を鷲づかみにされた。
「あんなかわいい妹つかまえて、冴えないってどーいうことだぁ!?」
「俺は真実を……うぎゃあっ！　あー、ウソです、ウソです!!　今日もまぶしい笑顔を俺に振りまいて出かけていきましたーっ」

「……だよな。アイツ、登校中にナンパされねーかな。心配だ……」
　真剣に悩んでる虎ちゃんは、俺からしてみればムダな心配をしているわけで。
　あの超地味女の乙葉が、ナンパなんてされるわけがない。
「……ありえねぇ」
　ひとり言を言ったつもりが、虎ちゃんには筒抜けだった。
　そのあと俺がヘッドロックをかけられたのは、言うまでもない。
　……クソ。
　乙葉のせいで、最近ずっとこれだ。
　夏休みが明けた頃に、ふたりが付き合いはじめたのは知ってたけど。
　1ヶ月たった今も、マジで続いてるのが信じらんねー。
　虎ちゃんの乙葉病は、いつまで続くのか……。
　おかげで、生傷が絶えねーっつの。

　2時間目、ホントなら世界史の授業だけど、世界にまったく興味のない俺は、授業をサボるために屋上にやってきた。
　ゴロンと横になり、空を仰ぐ。
　ヤベェ……眠い。
　横になったら寝るしかない。
　俺は静かに、目を閉じた……。
　——ガサゾソ。
　……ん。

なんだか尻がくすぐったい。
　なんだ？
　ハッとして目を開けると、俺の上に男が馬乗りになっていた。となりのクラスに、こんなヤツがいたような、いなかったような……。
　よく見ると、ソイツの手には、なぜか俺のケータイ。
「……お前、なにしてんの？」
　いつもなら、有無を言わさず殴ってるところだけど、人質をとられてることで、うかつに手を出せない。
　だってさ、ケータイには俺の大事な弥生ちゃんからのメールがたくさんストックされているから。
　ケータイを破壊されでもしたら、俺、もう生きていけねぇかも。
　ってのは大げさだけど、そのぐらい大切だってこと。
　最近、やっと弥生ちゃんの信用を取り戻しつつあるけど、まだ完全に信じてもらえてる気がしねぇ。
　付き合うまではいってなくて、お友達のうちのひとりっていうポジション。
　とりあえず、夜に送るメールが1日の締めくくりになっていて、
　返事がもらえるような文章を、いつも必死で考えてる俺は、かなり俺らしくない。
　女と付き合うなんて、ただのヒマつぶしだって思ってたのに……。
　今はヒマつぶしどころか、生きがいにさえ感じる。

そんな弥生ちゃんからのメールがたくさんつまったケータイを俺から奪うなんて、上等だな。
　相手を挑発しないように注意しながら様子を見ていると、上に乗っかっている男が眉を寄せた。
「桃谷くん……虎ちゃんとデキてるって、マジ？」
「……！」
　想定外の質問に、返す言葉が見つからない。
　なに、コイツ。
　頭イカれちゃってる？
「黙ってるってことは……ホントなんだね!!　やっぱり……あのウワサは、ホントだったんだ!!」
　半泣きになってるコイツを、誰かつきまわしてください。
　なんで俺が、男とデキてなきゃなんねーんだよ!!
　生まれてこのかた、天に誓って、女にしか興味ないから!!
　しかも、相手があの、チャラ男の虎ちゃん？
　……ありえねぇ。
　ま、今は乙葉に夢中みたいだけど？
　それも、いつまで続くことか……。
　逆上しそうになったけど、この手の男は……はずかしながら、はじめてじゃない。
　だから俺は、あえて冷静に受け止めることにした。
　女顔に生まれた宿命か。
　小さい頃から、やたらと男にモテた。
　高校の入学式では、はじめて男に襲われかけた。
　男子校ってところは、かなりキケンだよと聞いてはいた

けど……俺の頭で入れる学校なんて、荻高ぐらいしかなくて。

　入ってみれば、ヤンキーの巣窟。

　しかも、中にはヘンタイもチラホラ……。

　ほらな、今、俺の目の前にいるヤツみたいなのが、たまーに突然現れる。
「虎ちゃんからのメール、チェックさせてもらったよ……。お前らふたりで、こんな暗号でやりとりしてたなんて……」
「……暗号？　なんだよ、それ」

　虎ちゃんからのメールは、たいてい唐突だ。

　絵文字も、句読点もない。しかも、オールひらがな。

　……非常に、読みづらい。

　バカ丸出しのそれを、暗号だと？

　お前の想像力をほめてやりたい。

　あと、ロック解除おめでとう。

　……って、さすがにそれは冷静すぎるな、俺。
「お前、俺にこんなことして、タダで済むと思ってる？」
「思ってないよ……だけど、俺は桃谷くんが好きなんだ!!　入学したときから、ずっと……。だけど、なんであんなヤツと……俺、くやしいよ……」

　本気でくやしそうな顔をしてるコイツ。

　なんかちょっと、マジで悪いことしたみたいな気分になってくる。

　だけど、ちょっと待て。

　俺、潔白だから。

「……落ちつけって。とりあえず、それ……返せな？」
　俺は相手をなだめるように、細心の注意を払いながら、そっと手を伸ばした。
「イヤだ……虎ちゃんからのメールがつまったこんなケータイ、破壊してやる!!」
　男はケータイを高く掲げた。
「おいっ、待て!!　テメー、それ壊してみろ!?　二度と見られねぇツラにしてやるからな!!」
　弥生ちゃんのメールが————っ!!
　しかも、昨日の夜に送ったメール、自己最高傑作だったのに、返信がねーんだよ。
　もしかしたら、そろそろ返事が来るかもしんねーのに！
　返せよ、バカヤロウ！
「なんで、そんなに必死なんだ!?　異常だろ、男同士でお前ら……」
　いや、そっくりそのまま言葉を返すぜ？
　お前はノーマルだって言えんのか？
　つか、ケータイ破壊されそーになったら、誰だって必死になるって!!
「返せ！」
「イヤだ！」
「力で俺に勝てると思ってんのか？」
　俺は渾身の力をこめて、相手を殴ろうとした。
　——パシッ！
　が、乾いた音とともに、俺の拳が誰かの手によってさえ

ぎられてしまった。
「おい、嵐……俺に黙って、なんでこんなところで遊んでんだぁ？」
「虎ちゃん!?」
　いつの間にか虎ちゃんがやって来ていて、俺を思いっきりにらんでいる。
「どうやったら、これが遊んでるよーに見える？」
　苦笑いするしか、ない。
「遊んでんだろーが。世界史は俺も苦手なんだって!!　サボるなら俺も誘え。なんだよ、コイツ。見たことねーツラだな」
　あれだけ文句を言ってたくせに、男は虎ちゃんを見て、完全にビビッている。
　……チッ。
　俺がどんなにすごんでも、ドスのきいた声を出しても、いつもビビるヤツはいない。
　女顔になにができんだよ、みたいな顔をされる。
　ムカつくけど、それが現実だ。
　こういうときに、痛いほど、虎ちゃんとの差を思い知らされる。
　だから、俺は結果を出すしかない。
　ケンカしても、絶対に負けられない。
　どんな汚い手を使ってでも、絶対に勝ってきた。
　後先考えないケンカの仕方をする虎ちゃんと知り合えたとき、ラッキーだと思った。

コイツと仲よくなったら、俺はナメられなくなるかもって。
　だけど……虎ちゃんは、ちょっと異質だった。
　マジで怖いヤツって、みなぎるオーラがハンパない。
　本気じゃないときも、やっぱりなにかが普通のヤツとちがう。
　そばにいればいるほど、俺は虎ちゃんにはなれないって、身にしみて感じた。
　だから、俺は俺なりに……少しずつ、この学校でのポジションをあげていくしかない。
　２年になった今は、お陰様で、少しはビビられるようになってきた。
　それも、人を選ぶわけだけど。
「虎ちゃん……桃谷くんと、別れてくれ!!」
　げ。
　コイツ、すげぇ。
　ビビりながらも、虎ちゃんに向かっていく。
　そしたら虎ちゃんに、瞬殺された。
　え!?
　男はその場に崩れ落ちた。
　あまりに一瞬の出来事で、呆気にとられる。
「と……ら、ちゃん？」
「コイツ、俺に乙葉と別れろって？　冗談じゃねー」
「……ん？」
　なにか、話が食いちがってる。
　たしかに乙葉も、俺と同じ桃谷だけどさ。

「お前、もしかして……ここで脅されてた?」
「いや……んー……いや、どーだろ」
　どっちだ?
　脅されてたことには、ちがいないかも。
　だけど、その内容がちょっとちがう。
「ハッキリしろ?　乙葉にケンカ止められてっけどな。場合によっちゃ、コイツは地獄行き決定」
　俺の前で、ポキポキと軽快に指を鳴らす虎ちゃん。
　ヤバい……。
　マジでやりかねねーな。
　もしそうなったら、俺と虎ちゃんがデキてるって、認めてるよーなもんだし。
　それだけは、絶対に避けたい。
　男は完全に気を失っているけど、殴ったらまた起きるかもしんねーし、このまま放っておくのが一番な気がする。
「いや、コイツ……俺と虎ちゃんがデキてる、とか言って……」
　てっきり驚くと思っていたら、虎ちゃんが爆笑しはじめた。
　……あれっ?
「アハハハハ!　そーだったな。悪い、嵐」
「……え?」
「こないだ乙葉が入れ替わって荻高に来たとき、勢いついて止まんなくなって」
「入れ替わった……って、つまり」
「嵐の乙葉を、押し倒した」

「おいっ!!」
「だってな、アイツかわいすぎて」
　デレてるけど、そんときの見た目は俺だぞ？
　虎ちゃん、大丈夫か？
　そういえば、やたらと乙葉が、虎ちゃんって男に興味ないよね？とかって聞いてきた時期があったよな。
　それって、こーいうことか。
　なるほど。
「虎ちゃん……それ、やめた方がいーから」
「へ？」
「俺の格好の乙葉襲って、なにが楽しい？　見た目は俺だぞ？」
「俺からしたら全然ちがうけど。アイツ、ショートも似合うよな。いや、ロングの方が色気がある？　んんっ、どっちも好きだ……選べねぇ」
　一生言ってろ？
　ま、とにかく……虎ちゃんには、別モンなんだ？
　それなら、いい……。
　ん、だけど校内ではマズいよな。
「虎ちゃん、乙葉は気にしてたけど？」
「そーか？」
「あぁ。そんな虎ちゃんは嫌いだって家で嘆いてたな……」
「マジかよ……それ、ヘコむな……」
「だろ？　気をつけてやって。アイツ結構デリケートだから」

「わかった」
　虎ちゃんは、乙葉にかなり入れこんでいる。
　今までは俺が指図したら怒ってたけど、乙葉と付き合うようになって、だいぶ角が取れてきたように思う。
　付き合うヤツで、こんなにも変わるんだな。
　そう、俺も……弥生ちゃんとの出会いで、変わった。
　っていうか、変わりたい。
　乙葉の友達としてはじめて家に来たときは女子オーラ全開で、こんな女ありえねーって思った。
　俺とも絶対に目ぇ合わせなかったしな……。
　だけど、周りにいないタイプってのもあって、逆に興味がわいた。
　守ってやりたくなるような、小動物っぽい感じ。
　それと、あの天然っぽい雰囲気が結構、新鮮で、もっともっと弥生ちゃんを知りたくなる。
　それと弥生ちゃんは、男が苦手だ。だから、目を合わせてくれないんだよな。
　それって、俺を完全に男だって認めてくれてるみたいで、なんだかうれしかった。
　それからは、家に来るたびに笑いかけてみたりしたけど、反応は微妙で。
　あとで知ったことだけど、人の目を気にする俺とはちがって、弥生ちゃんは、おとなしいけど、ただ気が弱いわけじゃない。
　わりと自分をしっかり持っている。

学校でイジメられても、相手を攻撃することもなければ、卑屈になることもない。ただ、時が過ぎるのを待つタイプ。
　人に流されず自分を持ってる子っていうのは、すごく魅力的だ。
　ま、その性格のせいで、あの黒板事件以来、どれだけ弁解しても信じてくれなかったわけだけど。
　そのあと、乙葉が約束どおり何度か弥生ちゃんを家に連れてきた。
　顔を合わせることが多くなって、最近やっと、信用を取り戻したってわけ。
　それ以来、メールもしている。
　１日数通だけど、貴重なやりとり。
　いつも勢いで付き合ってきた俺に、こんなにゆっくり進む恋愛もたまにはいーなって、思わせる弥生ちゃんってすげぇ。
　早く返事来ねぇかな……。
　ふとケータイを見ると、新着通知を知らせるランプが光っていた。
　お。弥生ちゃんか!?
　が、ケータイを見て、テンションがさがった。
　今って授業中だもんな。弥生ちゃんなわけ、ねぇし。
　相手は、花華女子のヤツ。大塚じゃなくて、また別の女。
《嵐くん、一度でいいので返事ください！　大好きです》
　……大好きって。
　一度も話したことないのに？　笑わせるぜ。

弥生ちゃんと知り合う前の俺なら、遊ぶのにちょうどいーなって、すぐに手ぇ出してた。
　けど、今の俺はちがう。
　気弱な乙葉は頼りになんねーから、メールの相手に学校でガツンと断れって言ったところで、ムリだよな。
　アドレス変えんのも、面倒だ。
　俺はずっと、知らないヤツからのメール攻撃に耐えなきゃなんない？
　マジ最悪。
　元はと言えば、乙葉が不用意に俺のアドレスを、黒板なんかにデカデカと書くから……。
　そう考えたら、乙葉にイラついて仕方なくなる。
　だいたい乙葉は、昔っから少し抜けてるっていうか、俺と同じ顔してても、やることなすこと、ちょっとズレてる。
　アイツが妹で、ホントにイヤだった。
　そんな乙葉を、まさか虎ちゃんが好きになるなんて。
　……わかんねぇよな、恋愛って。
　あー、クソ。
　虎ちゃんの女が乙葉じゃなかったら、帰ってから乙葉をいじって、憂さ晴らしできんのに。
　——ドカッ。
「ぐぇっ！」
　ひとりでいろいろ考えていると、虎ちゃんにいきなり殴られた。
「痛ぇっ、なにする……」

「乙葉が電話に出ねぇ。嵐、お前の仕業か？」
「なんでだよ！　今、授業中だって!!　あの乙葉が、出るわけねーじゃん」
「そぉか。授業中な」
　あー、ビビッた！
　余計なこと考えてたら、ロクなことねぇや。
　乙葉ネタは、虎ちゃんの前では極力やめよう。
　心臓がもたねー。
「あとで俺からも乙葉にメールしとく。虎ちゃんが話したがってたって」
「マジで？　嵐っていいヤツだな。お兄ちゃん」
　ぎゃっ！
　虎ちゃんがピトッとくっついてきたから、あわてて押し返した。
「お兄ちゃんってなんだよ!?」
「乙葉と結婚したら、嵐が兄貴になんだろ？　だから……」
「げ、やめてくれよ……」
「んあ？」
　虎ちゃんの機嫌を損ねたのか、思いっきりにらまれた。
「いやっ、虎ちゃんが弟とかありえねぇ。虎ちゃんはずっと俺の兄貴だろ？」
「……ま、どっちでもいーわ」
　せっかくノッたのに、スルーされた。
　虎ちゃんって、こーいうヤツだ……。
　しかも、

「将来、俺が乙葉を嫁にもらうからな。乙葉が他の男に走ったら、テメーのせいだ。そんときは……わかってるよな」
　なんて、とんでもないことを言いはじめた。
「は!?　なんで俺の責任になるんだよっ」
「なーんか、普段から乙葉を見下してるよーな態度が見え隠れしてんだけど?　それに、乙葉と俺のこと……あんまり歓迎してないみたいだしなー」
　げっ!　見破られてる!!
　虎ちゃんがマジで兄貴になったら、なにかあるたびに殴られたりしそう……俺、身がもたねーよ。
　虎ちゃんには、いつまでもチャラいままでいてほしいっていう願望も、まだ捨てきれない。
　ひとりの女に一途になるなんて、虎ちゃんらしくねぇからな……。
「おい、ハッキリ言えよ?　場合によっちゃ、テメーもコイツみたく……」
　ひっ!
　俺の足もとに転がってるヤツを見て、俺はブンブンと首を横に振った。
「乙葉の彼氏が虎ちゃんなんて、最高じゃん!!　俺、幸せすぎて涙出そう」
「だろ?　お前ってホント幸せ者だよな。また誰かに絡まれたらソッコー、俺に知らせろよ?　飛んでくから」
「おう」
　頼もしいけどな。

仲のいい虎ちゃんを、乙葉に取られて……俺って実は、少し妬いてるのかもしれない。
　だけど、こんな日々に結構満足している、今日この頃。

＊end＊

幸せいっぱい乙葉ちゃん

【乙葉side】

虎ちゃんと、正式に付き合うようになって、約1ヶ月。

チャラいし、すぐにフラれるかも……と思っていたけど、いつもホントに優しくて、たくさんの愛をくれる虎ちゃんに、あたしは相変わらずハマりっぱなし。

今日だって……。

お昼休みになったとたん、すぐにケータイを確認すると。

やった！

新着メールのランプが光ってる。

もしかして虎ちゃんから!?ってドキドキしながらケータイを見ると、虎ちゃんと嵐から、交互にメールが入っていた。

虎ちゃん《学校終わったらすぐ迎えにいく。待ってろよ！ 勉強大変だろうから、返事はいい》

嵐《このメールを見たら、虎ちゃんにすぐ連絡しろ。でなきゃ、俺の命はない》

虎ちゃん《うぉー、ヒマだ。早く学校抜けたい。でも、がんばる。早く行っても乙葉が迷惑だろうしな》

嵐《テメー、俺のメール、スルーしてんなよ？ すぐに連絡よこせ》

……あたしは、どうすればいいわけ？

っていうか、嵐……大げさだから。

命はないって、どこまであたしをあわてさせる気よ。

ホント、いっつも勝手なんだから。
「弥生ちゃん、嵐から連絡来た?」
　いつも家で、学校での弥生ちゃんの様子を聞いてくる嵐。
　メールすれば?って言ってるのに、返事が来るまで待つとか言ってるし。
　あたしには遠慮のかけらもないくせに、弥生ちゃんにはかなり慎重。
「うん……。昨日の夜、嵐くんからメール来たんだけど……あたし返事まだなの。漢字まちがえてるんだよね……。これ、指摘しようと思って。この文章で言い方キツくないかな?　何度も打ち直してるんだよね」
　弥生ちゃんははずかしそうに、手にしていたケータイをあたしに見せた。
　べつに、これといって気になるような文章でもない。
「相手は嵐だから、≪アンタバカでしょ?≫でも、全然OKじゃないかな」
「ええっ!?　乙葉ちゃん、あたしそんなこと言えないっ。そりゃね、嵐くんって漢字や文章をいつも打ちまちがえてるし、勉強嫌いなんだなーっていうのがすごくわかるけど、バカだなんて……そんな……ホントのこと言えないっ」
　……正直すぎる。
　今の言葉、嵐に聞かせたい。
　きっと、必死になって漢字の勉強、始めるよ?
「嵐は弥生ちゃんが言うことなら、素直に聞くと思う。ここまちがってるよって軽く指摘すればいいんじゃないかな」

「そっか……ありがと、乙葉ちゃん！」
　弥生ちゃんはヘンにマジメだから、慎重すぎるなーって、さすがのあたしでも思うところがある。
　そういえば虎ちゃんは漢字のまちがいとか、見たことないかも。
　本読むって言ってたし、漢字は得意なのかな？
　嵐に送るときは、漢字の苦手な嵐に合わせて、オールひらがなって言ってた。
　逆に読みにくいんじゃない？って話してたんだけど、そのぐらいでいいみたい。
　あたしに送るようになって、生まれてはじめて真剣にメール打つようになったって言ってたな。
　虎ちゃんのことを思い出すたびに、胸がキュンとなる。
　あぁ……早く会いたいなぁ……。
「乙葉ちゃん、乙葉ちゃん……」
「……えっ？」
「今日ウチのクラスの子がね、嵐くんにメールしたって言ってた。相変わらずモテるんだね……」
　弥生ちゃんは、なんだか悲しそう。
　最近やっと、嵐に心を開いてきたのに、これはマズい！
「大丈夫だよ。全部無視してるもん。嵐はね、弥生ちゃん以外と付き合うとか、考えられないって言ってたよ？」
「ホントなのかな……」
　弥生ちゃんは困ったような表情を浮かべている。
「ホントだよ。今までね、女の子切らしたことない嵐が、

今ずっとフリーなんだもん。奇跡だよ!!」
「奇跡……」
「早く弥生ちゃんに信じてほしいって、いつも言ってるよ」
「そうなんだ……。でも、付き合うってどんな感じなの？ あたし、まだちょっとピンとこなくって」

　そうだよね。
　あたしだってそうだった。

「んーと……嵐にいっぱい大切にしてもらえるよ？」
「えっ……どんな風に？」
「どんなって……」

　それをあたしに言わせる？
　あっという間に、あたしはまっ赤になってしまった。

「乙葉ちゃん、まっ赤だよ。どうしたの？」
「弥生ちゃんも、嵐と付き合えばわかるよ。思ってるのと、全然ちがう嵐が見られると思う」
「あたしの知らない、嵐くんを……？」
「そう。きっと、妹のあたしにも見せたことない顔するんじゃないかなー……」

　嵐、弥生ちゃんにベタボレだから。
　めちゃくちゃ大切にしそう……。

「そうなんだ……今日か明日、乙葉ちゃんの家に行って、嵐くんと話してみようかな」
「ホントに？」
「うん。メールだと、伝わりにくいし……」
「いーよ、いいよ！」

「付き合うとか、そこまでまだ考えられないけど……お友達から始めようかな」
「うん、それがいいよ！」
　嵐は弥生ちゃんと友達以上の関係でいるって思ってたみたいだけど、弥生ちゃんの中では、まだ友達でもなかったんだね……。
　聞いたらショックだろうなぁ〜。
　けど、一歩前進したから、これでいいよね！
　早く嵐に教えてあげよう。
　めちゃくちゃ喜ぶだろうな〜。
　わ、ちょうど嵐からメールだ。
　あたしはメールの受信ボックスを開く。
≪虎ちゃんがそっちに向かった。健闘を祈る≫
　……え。
　ウソッ!!
　まだあと２時間、午後の授業が残ってるんだけど!?
「どうしようっ、虎ちゃんが来ちゃう」
「えー、そうなの？　それはそれで楽しいよね。虎ちゃんが乱入してきたら、授業中止になるかなぁ」
　弥生ちゃんはマジメなくせに、たまにぶっ飛んでる。
　そんな感じで、嵐にも接してくれたらいーのに。
「あたし……今日は早退するね！」
「え!?」
「虎ちゃんが来たら、大さわぎになるでしょ？　だから……」
　あたしは帰る支度をしながら、大あわてで校舎を出た。

そして、虎ちゃんに電話する。
「虎ちゃん、今どこにいるの!?」
「お前の目の前!　会いたかった」
　えぇっ!?
　門のところまで来たら、虎ちゃんが門を飛びこえてこっちに向かって走ってくるところだった。
　勢いがついて止まれないあたしを、虎ちゃんが抱きとめてくれる。
「きゃっ……」
「乙葉、俺を迎えにきてくれた？」
「そうじゃないっ……どうして学校に来たの!?　見つかったら大変だよ」
「乙葉の授業中の横顔、好きなんだよなー。見たいって思ったら、止まんなくなって」
　無邪気（むじゃき）な笑顔で言う虎ちゃんを、あたしは憎（にく）めない。
　もぉ……そんなこと言われたら、あたしだってこう言うしかない。
「また、そのうち嵐と入れ替わるから……そのとき、見て？」
「んー、ダメ。今見たい」
　虎ちゃんはギューッとあたしを抱きしめてくる。
「今って！　ムリだし」
「ウソ。なんでもいーや。乙葉の照れる顔、好きだから……今の表情見られて、すげぇうれしい」
　わぁっ……。
　そんな至近距離で甘い言葉をささやかれたら、あたしの

胸はもう、おだやかではいられない。
　激しく鳴り続ける心臓に、荒くなる呼吸。
　それを見すかしたように、虎ちゃんがククッと笑った。
「乙葉は素直だな〜。なんでそんなすぐデレた顔すんだよ」
「でっ……デレてないしっ!!」
「デレてる」
「してなーい……んんっ……」
　有無を言わさず、唇をふさがれた。
　こうなったら、もう容赦ない。
　ここが校内だろうが、どこだろうがおかまいなし。
　門に背中を押しつけられ、だんだん深みを増していくキス。
「なに、お前めちゃくちゃかわいーんですけど。先生にバレたら困るっていうその顔……たまんねぇ」
　わかっててこんなことしてる虎ちゃんって、ホントにイジワル！
　だけど、そのうれしそうな表情を見てたら、あたしも強く拒否するわけにもいかなくて。
　軽く虎ちゃんの唇を手で押さえた。
「……もうっ。あとで、いっぱいしよ？」
「え……マジで!?　おーし、だったらすぐに俺んちに!!」
　しまった……言い方、まちがえちゃった!!
「いやっ、そうじゃないの。キス……キスを」
「わかってるって。キスだろ？　甘いの、いっぱいしよ〜な？　お前がイヤって言っても、ずっとしてるから」
　あ……あのっ、なんか、怖いっ!!

「虎ちゃん、やっぱりあたし授業が……」
「俺をその気にさせといて、帰るってどーいうことだよ。冗談じゃねぇ、約束は守ってもらうから」
「きゃっ……」
　突然お姫様抱っこされて、虎ちゃんはそのまま足で門の南京錠を蹴破った。
　……すご。
　超人技に呆気にとられている間もなく、あたしは学校の外へと連れ出される。
　想われすぎるのも、困りモノ？
　それでもやっぱりニヤけているあたしは、ヤンキー彼氏にハマりっぱなし。
　キケンでぶっ飛んでるときもあるけど、あたしだけを想ってくれている、そういう虎ちゃんが大好き！

＊end＊

キミに溺愛

【嵐side】
　今日は土曜日で、学校は休み。
　昨日は夜中まで遊び歩いてたし、昼まで寝るつもりが朝早くから乙葉に起こされた。
　しかも、くだらない内容で……。

「嵐っ、あたしの今日の格好……ヘンじゃないかな!?」
　面接にでも行くのか？的な、シンプルすぎる白シャツに、黒のパンツ姿でオロオロしている。
「あ？　お前はいつもヘンだから気にすんな」
　布団をかぶって乙葉を無視しようとしたら、上からバシバシとたたいてくる。
「ちゃんと見てよ！　今日、学校の友達と出かける約束してて、終わったら虎ちゃんと待ち合わせなんだけど……この服どうかな、虎ちゃんと歩いてはずかしくない？」
「お前の存在自体がはずかしいから、気にす……おわっ」
　布団を引っぱり、俺の目の前にやってくる。
　その顔は、今にも泣きそうだ。
「マジメに聞いてっ」
　俺だって、超マジメに答えてるつもり。
　つか、そんなくだらねーことで起こすなよ。
　だったら、言ってほしかった言葉を言ってやろうか？

これですぐに引きさがるはず。
「お〜！　いいじゃん。そういうの、虎ちゃん好きそう」
「えっ、ホントに!?　今日は友達もいてね、動きやすい格好をしてくことになってるんだけど、ショーパンだと、あたしのイメージじゃなくて驚かれるかもしれなくて。あとね、虎ちゃんと会うときはいつもロングスカートなの。それだと動きにくくて……」
　あ〜……いつまで続く？
「あのなー、虎ちゃんは乙葉の中身が気に入ってんだから、服なんてなんでもいいんじゃね？　悩むだけムダ」
　俺がそう言うと、一瞬でまっ赤になってる。わかりやすいヤツ〜。
　だけど、そのまま喜ばせるのも、つまんねーな。
「つか、お前の体に興味があるから、服着てない方が喜ぶな」
「なっ……そんなことは聞いてないのっ!!　嵐と一緒にしないで！」
　枕で思いっきり、頭をどつかれた。
　痛ぇ……。
　乙葉が部屋から出ていく姿を見送り、ケータイを手にする。
　はぁ……また今日も、メール来てねーし。
　俺と一緒にすんなっつーけどさ、俺のが虎ちゃんよりよっぽどピュアだから。
　今だって……２日前の夜に弥生ちゃんに送ったメールの返事が、やっぱり今朝もないってわかっただけで、こんなにテンションがさがるのに。

俺の片想いは、いつまで続くのか。
　いつもは、寝る前に弥生ちゃんにメールを送れば、遅くても昼過ぎには返ってきてた。
　返事に困るような内容でもなかったはずなのに、2日前から今朝まで音沙汰ナシ。
　体調が悪いのかと思ったけど、乙葉に聞いても学校では、いつもどおりだったって言うしな。
　これは……とうとう、本気で脈ナシと思った方がいいのか。
　どうせなら、会って確かめたいな。
　本気でイヤがられたら、もう仕方ない。
　そのときは、キッパリあきらめよう。
　そーいや昨日、乙葉が駅周辺で捨てネコの里親探しのボランティアをするとかって、母ちゃんに話してたっけ。
　友達と会うっつーのは、そのことか？
　もしかすると、その中に弥生ちゃんもいるかもしれない。
　前にメールで、弥生ちゃんがネコ好きだって言ってたような気もする。
　さっきまで眠かった目が、一気に冴えてきた。
　……行くか。
　飛び起きて、支度をする。
　マジメな花華女子だしな……いつも着けてるシルバーのアクセサリーや、攻撃的なハデなシャツは封印。
　格好も、できるだけ好印象なモノにしたい。
　襟付きの白シャツに、濃紺のジャケットを羽織り……。
　って、今度は俺が、面接かよ！

番外編　チャラ男も、たまにはマジで恋するんです　>> 309

　あーでもない、こーでもないと鏡の前でファッションショーを繰り返し、やっとシンプルな服装に落ちついた。
　白のTシャツに、黒の細身パンツ。
　乙葉のこと、バカにできない気がしてきた。
　俺、守りに入りすぎだよな……。
　普通でいーんだよ、普通で。
　結局、気に入って最近よく着ている、ピンクのポロシャツとジーンズにした。
　弥生ちゃんには受け入れられないかもだけど、これがいつもの俺。
　虎ちゃんのように、俺の全部を丸ごと受け止めろ！とは言わないけど、相手の出方を気にしてたらキリがない。
　それに弥生ちゃんは、俺の見た目がどうというより、マジメで誠意のあるヤツがいいわけで。
　その分、優しさでカバーしよう。
　普段は尖ってる俺だけど、弥生ちゃんの前だとどうにも弱い。
　あの独特の雰囲気にのまれるっつーか、かわいくて仕方がなくなる。
　いつでも弥生ちゃんに優しく接して、無償の愛を送りたい。

　自宅の最寄り駅に到着すると……。
「ネコちゃんの里親を募集しています。大切に育ててくださる方、いませんかー？」
　高校生の男女６人がズラリと一列に並び、声がけをして

いる。
　普段なら、完全にスルーだ。
　でも、この中に弥生ちゃんがいるかもしれないと思い、足を止めた。
　お、乙葉めっけ。
　動きやすい格好って、このためか。
　地面に置いてあるカゴから、首輪のついた１匹のトラネコを出して、道行く人に見せている。
　弥生ちゃんはどこだ？
　列を眺めるけれど、どこにも姿が見えない。
　なんだよ、乙葉だけか。
　ガッカリして帰ろうとしたところを、鈴の鳴るような声の持ち主に呼び止められた。
「あぁっ、嵐くんっ!?」
　この声を俺がまちがえるわけがない。
　だけど……。
　え、誰ですか？
　一瞬そう思ったけど、多分……いや、絶対、弥生ちゃんだ。
　私服姿を見たことは数えるほどしかないけど、必ずどこかにフリルやリボンがついているようなフリフリ系だったはず。
　だけど今は、まっ黒の無地のＴシャツに、ジャージ姿。
　体育でのジャージ姿の弥生ちゃんを知ってるけど、なんだかそのときとはちがう。
　だってな、いつもサラサラの髪はなんだかボサってるし、

おまけにメガネときた。
　これだと、さすがの俺も気づかねぇ。
　それに、いつもコンタクトだったんだな……そんなことさえ知らなかったことが、悲しい。
「弥……生ちゃん、だよ……な？」
　確かめるように言う俺を見て、ハッとした顔をする。
「あっ……そうだ、あたし……最悪っ」
　一気にまっ赤になって、乙葉のところへ猛ダッシュ。
　そんな弥生ちゃんを見て、俺の存在に気づいた乙葉が思いっきり、にらんできた。
　そして、こっちに向かって走ってくる。
「コラーッ、嵐っ!!　弥生ちゃんになにしたのよ!!」
「いや、なんもしてねーし！」
　むしろ突然、『最悪』と言い逃げされた俺をフォローしてほしい。
「だったらどうして、弥生ちゃんがビビッてるの？　メールの返信がないぐらいで脅したりして、小さい男ね！」
　おい、言いたい放題だな！
「脅してもねーし、小さいってなんだよ、コノヤロ」
　ガンを飛ばしつつ、詰め寄る。
「こんなとこまで、なにしに来たのよ！　さっさと帰れば？」
　にらみ返されたところで、列にいた背の高いイケメンが近寄ってきた。
　そして、よりによって、おそろしい言葉を発した。

「乙葉ちゃん、彼氏とケンカ？」
「「ちがいます!!」」
　ここは、乙葉と息ピッタリ。
　さすが双子！と、感心してる場合じゃねぇ。
「なんで俺の女がコイツなんだよ、フザケんな」
「うわっ……どこのヤンキーだよ。乙葉ちゃんの友達には見えないな」
　男が顔をしかめ、軽蔑するように俺を見てくる。
　ムカつくし、俺も男をにらみつけていると、弥生ちゃんが駆けてきた。
「どうしたの？」
「この男が、乙葉ちゃんに失礼なこと言うんだ」
　男が答えた。
「えっ……あぁ、彼は乙葉ちゃんのお兄ちゃんなの。ねっ、嵐くん」
　弥生ちゃんがそう言うと、男は疑わしそうな顔をして、自分のうしろに弥生ちゃんを隠した。
　なんだよ、テメー。
　それ、俺のだし。
　弥生ちゃんの腕を引っぱろうとしたら、列の方から男を呼ぶ声が。
「里親になってくれる人が見つかったよ！」
「マジで!?　そうか……乙葉ちゃんの兄妹なら、大丈夫か」
　そう言って不安そうに、列の方へ戻っていく。
　手にしているネコに興味を持った人が現れたことで、乙

葉もすっかりそっちに気を取られている。
　その間に、俺は弥生ちゃんに近づいた。
「弥生ちゃん!!」
「きゃっ……」
　身がまえてるけど、そんなのおかまいなし。
　俺は弥生ちゃんの目の前に立った。
「俺、なんかヘンなメールした？　返事ねーし」
　もう、単刀直入に聞こう。
　まどろっこしいのは、ナシだ。
　付き合ってるわけでもないし、メールの返事がないって責めるのはおかしいけどな。
　弥生ちゃんは、その場でプルプルと首を横に振っている。
　だけど、はじめて会った日のように、完全に目を合わせてくれない。
「だったら、なんで……」
「コンタクトが家になくて……」
　……へ？
　コンタクトと、どういう関係が？
　これは、俺と話をしたくないから、話をそらした？
　それとも、たまに出るぶっ飛んだ会話のひとつなのか。
　弥生ちゃんを見つめたまま固まっていると、弥生ちゃんが顔を手で覆った。
「あたし、メガネ女子なのっ。嵐くんが、世の中でもっとも嫌いな部類なんでしょ？　いつもはコンタクトなのに、買い置きがなくて……遊びにいけないし、どうしたらいい

かわからなくなって」
　支離滅裂で、理解不能。
　だけど、弥生ちゃんだから、なんだって許せる。
　きっと、言いたいことがゴチャゴチャになってるんだよな。
　なだめるように、そっと背中に手をそえる。
「落ちついて話せよ。メガネ女子が嫌いなんて、俺がいつ言った？」
「えぇっ、ちがうの？」
　驚き、顔をあげる。
　そのキラキラとした瞳に、視線を奪われた。
　抱きしめてぇー！
　けど、ここはガマン。
　乙葉の格好のときなら、まちがいなくギュッとしてるけどな。
「この間のメールに、メガネ女子がウザいって書いてたよ」
　え？
「俺が？」
　急いで、ケータイを尻のポケットから取り出し、メールを確認すると。
　≪あー、今日はあんまいーことなかったな。俺のそばにいるメガネ女子がマジウザい≫とは書いてあるものの、たしか、このときって乙葉が俺にテスト勉強しろってうるせーから、書いたんだよな。
　そうか……こーいう書き方で、誤解を生んだ？
「気にしなくてていーよ。このメールしてるときに、乙葉が

勉強しろってうるせーから書いただけ」
「そうだったの!? あたし、この日からメガネにしたから、どこかで見られたのかと思った」
　ホッとしたような、不安なような微妙な表情をしている弥生ちゃん。
「なんでだよ、学校も家の方向もちがうし会えねーじゃん」
　そんな思いこみから、俺を避けてた？
　弥生ちゃんのカンちがいがかわいくて、思わず笑みがこぼれた。
「そうだよね……あたしったら、カンちがいもいいとこ」
「また、メールくれる？」
「うん……」
　照れたようにうつむいても、逃がさねーから。
　顔をのぞきこむと、逃げ場をなくしてまっ赤になってる。
　かわいすぎ。
「毎日、弥生ちゃんのメールが楽しみでさ」
「あっ……あたしも、そうなの……この２日、嵐くんと連絡できなくてさびしかった」
　よっしゃーっ!!
　これ、イケんじゃね？
　希望が出てきた。
「ホントは今日、乙葉ちゃんの家に行く約束してたの。断ろうと思ったんだけど、やっぱり行こうかな」
「え、今日？」
　その話、乙葉から聞いてねーな。

俺の視界の端にいる乙葉は今、ネコを逃がしてしまって大あわて。
　駅の改札に向かって走るネコを追いかけている。
　アイツ、どんだけドジなんだよ。
　そんなことには気づかない弥生ちゃんが、困り顔で俺を見る。
「うん。大塚さんや他の女の子のこととか……一度、嵐くんとゆっくり話した方がいいって、乙葉ちゃんに言われてて」
　おおっ、乙葉もたまにはいいヤツ！
　感動したのも束の間、ハッと我に返る。
　そーいや今日って虎ちゃんと約束してるって言ってなかった？
「それって、いつの約束？」
「1週間前ぐらいかな」
　乙葉のヤツ、その約束、完全に忘れてるな。
　いつもなら、ここで乙葉をイジる方向だけど、今はこのチャンスを利用しようか。
「実は乙葉、今日の帰りに虎ちゃんと少しだけ会う約束してるらしー。先に俺と帰ろ」
「嵐くんとふたりで!?」
　ふたりっきりになるのなんて、はじめてじゃねーのにな。
　いちいち反応がかわいい。
「寄りたいとこあるし、その間に、乙葉も帰ってくんじゃねーかな」

あの虎ちゃんが乙葉と会って、すぐ帰すわけがねー。
　きっと夕方まで、帰ってこないはず。
　その間たっぷり、弥生ちゃんとふたりの時間を楽しみたい。
「それなら……あのっ、だけどあたし今日こんな格好だし、ホント最悪……嵐くんに会うなら、もっとかわいい格好してくればよかった」
　落ちこんでるけど、そんな女の子らしさがまた俺の心をくすぐる。
　今日の格好は、ある意味貴重。
　ダイヤモンドの原石って、このことだよな……。
　いつもこの格好なら、他の男にとられる心配もないな。
　ふと、そんなことを考える。
　本音を言うと露出度高めがいいけど、それは弥生ちゃんには要求しない。
　乙葉に言ったみたいに、弥生ちゃんそのものが好きだから服装なんてなんでもいい。
「マジメそーでいいじゃん。俺、どっちかっつーとシンプルな服の方が好きなんだよな〜」
「そうなんだ？　あたしは女の子らしい服が好きなんだぁ。リボンとか、フリルとかついててかわいいの」
　ガクッ。
　あ……そぉ。
　俺の意見は、参考にしないわけね。
「でもよかった……嵐くんに、嫌われてなくて。今日、ネコちゃんのお世話をするからこんな格好なのに」

「ジャージ姿がこんなに似合うの、弥生ちゃんぐらいじゃね？　かわいすぎ」
　微笑みかけると、照れまくってる。
「もうっ、嵐くんってば」
「いや、マジで」
　ふたりでデレデレやってると、さっきの男が近づいてきた。
　ヤバ！
「終わるまで、あっちで待ってる。乙葉には先に帰ったって言っといて」
　逃げるように、道の端へ猛ダッシュ！
　男も、追いかけてはこない。
　そこからしばらく様子を見ていると、弥生ちゃんと乙葉だけがカバンを持って列から離れた。
　帰るってことか？
　すぐに、俺のもとに弥生ちゃんが現れた。
「嵐くん、お待たせっ」
　弾けるような笑顔に、ドキリとした。
　メガネ女子には変わりないけど、どんな姿をしていても、やっぱかわいいな。
「行こ」
「うん」
　家までの道を一緒に歩くけど、歩きながら俺に、たまにぶつかってくる弥生ちゃん。
　なんか、フラフラしてんなー……。
　あぶなっかしいから、手をつないだ。

「嵐くん!?」
「いーよな？」
　ニコッと笑えば、まっ赤になってうなずいている。
　おし!!
　弥生ちゃんの気持ちが、俺に向いてるって考えてもいいよな？
　乙葉が言うには、弥生ちゃんは俺といきなり付き合うのは考えにくいみたいで、お友達から始めようと思ってるみたいだけどさ。
　手をつなぐのがＯＫってことは、ＧＯサインだろ？
「弥生ちゃん、俺のこと、どう思ってる？」
「ええっ!?」
　唐突すぎる質問に、弥生ちゃんがビビッている。
　だけど、もう待てねー。
　じっと耐えて待つ性格でもないし、ここは一気に攻めるか。
「他の女のこと気にしてるみたいだけど、相手にしてねーから。弥生ちゃんのこと、マジなんだ」
「……信じてもいいの？」
「もちろん」
　やった！
「でも……大塚さんとか、クラスの女の子たちがよく嵐くんの話をしてるし、メールも来るんだよね？」
「登録してるヤツ以外のメールは、即削除。ちなみに、ケータイの連絡先で登録してる女って、弥生ちゃんだけ」
「ええっ、あたしだけなの!?」

ちなみに乙葉と母ちゃんも女だけど、それは例外。
「そ。気になるなら、ケータイ見る？」
「いい、いい、いいよっ。そうなんだ……あたし……だけ」
「弥生ちゃんが思ってるほど、チャラくねーし。こんな風に、自分からいくのもはじめてだしな」
　来る者拒まずだったって言ったら引くだろーけど、今まで一度だって、マジになったことなんてなかった。
　だからこそ……この気持ちを、大切にしたい。
「そう……なの？」
「そ。だから、信じてよ。いきなり付き合うとかはムリだろうから、こーやってたまにデートしてほしい」
　握った手をギュッとすると、おさまっていた弥生ちゃんの顔が、また一気に赤くなった。
　この反応、最高。やっぱ、いーな。
「嵐くんのこと、信じてみようかな……」
「え？」
　自分で言ったくせに、弥生ちゃんの返事が信じられなかった。
「乙葉ちゃんがね、言ってたの」
「なんて？」
「嵐くんと付き合ったら、いっぱい大切にしてもらえるって。思ってるのと、全然ちがうよって言われたの」
　アイツ、いいこと言うじゃん!!
「だな。乙葉、毎日幸せそーだろ？」
「うん。虎ちゃんからのメールをお昼休みにチェックして

は、ひとりでニヤニヤしてちょっと怖いぐらい」
　ハハ、アイツってそーなんだ？
　俺の前ではクールな顔して、虎ちゃんからのメールを読んでるけど、内心デレてんだな。
　かわいいとこあるじゃん。
「弥生ちゃんのペースに合わせる。付き合うのも、もっと俺のことを知ってからでもいーし」
「うん……そしたら、今日からあたしと付き合ってください」
　ええっ、いきなり!?
　弥生ちゃんって、意外に思い切りがいいな。
　こっちがビビる。
　だけど、これ以上ないってぐらいにまっ赤になってる弥生ちゃんがかわいすぎる。
「そーいうのは、俺に言わせて？」
　つないだ手に、指を絡めてそっと顔を近づけると、弥生ちゃんの瞳が潤んでるのがわかる。
　メガネ……ジャマ。
　弥生ちゃんがメガネ女子でもいーけど、だから萌えるとかそーいう趣味は俺にはない。
　やっぱ、ない方がなにかと都合がいーしな？
　メガネを取ると、あわてている。
「あっ、メガネ」
「近いから、見えるよな？」
「うん……」
　はずかしそうにうなずく姿にも、そそられる。

「好きです。俺と付き合ってください」
「……はいっ」
　俺にしてはスタンダードすぎる告白だけど、こーいうのもいいかも。
　だってさ、ギュッと俺の手を握りしめて、感動して泣いている弥生ちゃん。
　きっと、こういうまっすぐな子には……回りくどいやり方だと伝わらない。
　誤解を生むぐらいなら、きちんと伝えた方がいいよな。
「うぉっし!!」
　ガッツポーズをすると、弾けるような笑顔が戻ってきた。
「アハハ、嵐くんおもしろい」
「マジでうれしいし！　メールだけじゃ物足りねーから、今日から毎日、電話してもいい？」
「いいよ、あたしもそう思ってたの」
　やったぜー!!
　ハイテンションのままに、その背中を抱き寄せようとしたそのとき。
「コラーッ!!　嵐!!　弥生ちゃんになにしてるのよ」
　げ。
　乙葉が向こうから走ってくるのが、見えた。
「また夜、電話するから」
　そう言い残して逃げたら、弥生ちゃんが走って追いかけてくる。
　そんなにまで、俺のことを？

立ち止まったら、勢いあまって俺の胸に飛びこんできた。
「きゃっ!!」
　抱きとめて、幸せを実感。
　背がちっこいから腕の中におさまるし、サイズ的にもちょうどいい。
　乙葉が来るけど、そんなの関係ねー。
　甘い言葉のひとつでもささやこうとした、そのとき。
「嵐くん、メガネ返して」
　……へ？
　真顔で俺の顔の前に手を突きだす弥生ちゃん。
「それがないと見えないの。距離感まちがえて、ぶつかってごめんね!?」
　今のが抱擁（ほうよう）と思ってたのって、俺だけ？
　弥生ちゃんがパッと俺の体から離れると同時に、駆けつけた乙葉にメガネを奪われた。
「しかもメガネまで取って、なにしてるの!?　返しなさいよ！」
　いや、そうだけど……ちょっとちがう。
「これには、わけが」
「嵐の言い訳なんて、聞かないから。弥生ちゃん、怖かったよね」
　乙葉が弥生ちゃんを抱きしめている。
「そうじゃないの、嵐くんは悪くないよ。メガネでもいいって言ってくれて、好きだって。乙葉ちゃんの家に行く約束してたけど、突然、逃げだしてね……」

「えーっ、そうだったんだ！　それなら嵐も早く言ってよ」
　……ん？
　今の会話で通じてる？
　このふたりの世界に、入っていけねぇ。
「乙葉ちゃんは、虎ちゃんとデートしてきてね！　あたしも嵐くんとデートするから」
　おおっ、弥生ちゃんの方から俺の腕をとってきた。
　それを見て、乙葉も事情を察したようだ。
「わかった……キケンを感じたら、すぐに連絡して」
「おい、どれだけ信用ねーんだよ!!」
「イヤがることしたら、許さないから。弥生ちゃんはピュアなの！」
「わかってる。俺、なんもしてーよな？」
　同意を求めると、弥生ちゃんがコクンとうなずく。
「嵐くん、優しいよ。だから……あたしも、好きになったんだもん」
　おおおおぉ！
　突然の告白に、一気にテンションがあがった。
「だろ？　俺のことが好きだって。お前だって虎ちゃんとやることやってんじゃん。人の恋愛に口ツッコむな」
　乙葉をイジると、まっ赤になってる。
　それを見て、弥生ちゃんがキョトンとしている。
「え……なにをしてるの？」
「あっ……え、と。手をつないだり、会話を楽しんだり！　付き合うって、いいよぉ～。うん、うん。ふたりともデー

ト、楽しんできてね。じゃっ」
　そして、逃げるように去っていった。
　さっきまで強気だった乙葉のあわてっぷりに、ウケる。
　恋愛ベタだから、この手の話題に弱いんだよな、アイツ。
「乙葉ちゃん、幸せそうだね〜」
　俺のとなりで、ニッコリ微笑む弥生ちゃん。
「だな。で、今からどーする？」
「……あっ、電話だ。ちょっと待ってね」
　背中に腕を回そうとしたら、俺の腕からすり抜けてケータイを耳にあてる。
　チッ。
　このタイミングで電話かけてくるなんて、どこのどいつだ？
　電話が終わるのを待つけど、弥生ちゃんの顔がどんどん不安そうなものに変わっていく。
「どした？」
　電話を切ったあと、優しく話しかける。
「大変、お兄ちゃんが……」
「えっ」
　兄貴がいたんだと思うのと同時に、なにかあったのかと思って焦っていたら。
「またネコを拾ったんだって。どうしよう……うち、ネコ屋敷になっちゃう」
　……へ。
「嵐くん、ごめん。やっぱり戻るね」

いや、戻るってどこへ？
「俺も行くって」
　あとをついて行くと、弥生ちゃんはさっき俺とモメかけた男に話しかけている。
「お兄ちゃん、またなの!?」
「さっきそこで箱に入った捨てネコ見つけてさ。やっぱ、放っておけない」
　……マジか。あれが兄貴!?
　サーッと顔から血の気が引くのがわかった。
　ヤバい……。
　俺、さっきので、完全に印象悪くしたよな。
　気に入られるためには、どうしたらいい？
　ない頭で必死に考える。
　……これしかないか。
　ふたりにそっと近づき、声をかけた。
「あのー……」
「嵐くんっ、帰ってなかったんだ？」
　驚く弥生ちゃんのとなりで、怪訝そうな顔つきの兄貴が俺を見ている。
「俺じゃ、その捨てネコの里親になれない？　黙ってたけど、実は俺もネコ好きなんだ」
　大好きってほどじゃねーけど、家の中にネコがいるのも悪くない。
「えー、ホントに!?」
「ああ」

弥生ちゃんは、反応をうかがうように、チラリと兄貴を見る。
　すると、じっと黙って話を聞いていた兄貴が俺の手をとった。
「ネコ好きに悪いヤツはいないはず！　ヤンキーだけど、お前いいヤツじゃん‼」
「いや、それほどでも。ハハッ」
　兄貴がネコを取りにいく間に、しっかり俺を売りこむ。
「弥生ちゃんのためだし」
「ありがとう……ネコちゃん、かわいがってね？」
「おー。今度から、いつでもネコに会いにきてよ」
「乙葉ちゃんがいないときでも、いいの？」
　ドッキーン！
「そんなの、大歓迎。世話の仕方、教えて」
「あたしが教えることなんてないよ。嵐くん、面倒見よさそうだし、すぐになつくよ」
　だったら、いーけど。
　弥生ちゃんとデレていたら、兄貴が箱を抱えて向こうからやってきた。
「しばらく預かってもらおーかな。コイツら、頼む」
　コイツ……ら？
　言葉の意味を考えている間に、箱の中に入ったネコ一式を手渡された。
　1匹……じゃ、ねーの？
　全部で、3、4、5……。

マジか、5匹もどーすんだよ!!
「嵐くんと同じ、双子のネコちゃんもいるよー。ネコって かわいい！　癒されるよね」
「あー……双子だけ、いただきます……」
「それでも、助かるよ。ねっ、お兄ちゃん」
　最高の笑顔を、兄貴に向けている。
　その笑顔を独り占めしたい……なんて、ヘコんでる今の俺には、言う元気すらなかった。

　その日の夕方。
「あれ!?　このケージ、どうしたの!?」
　乙葉が家に帰ってきて、リビングの隅に置いている空のケージに気づいた。
　ネコを入れるために、ホームセンターまで急遽買いに走ったっつの。
「ネコ。弥生ちゃんに、もらった」
「えぇっ!!　飼ってもいいの？　きゃー、かわいい！」
　俺の膝に眠る2匹のネコを見せると、泣きそうなぐらい感動している。
　コイツ、そういえば小さい頃、ペットがほしいってよく泣いてたっけ……。
　俺がアレルギーだったせいもあって、飼えなかったんだよな。
　今はもうなんの症状もないし、治ったはず。
「しかも、2匹！」

「双子だぜ」
「きゃー、双子なんだ!!　名前、どうしようか」
　テンション高めにキャッキャッとさわいでいる。
　乙葉のこーいう姿、久々かも。
　俺と話すときはたいてい、やる気がないか、ケンカごしだからな。
「"おーちゃん"と、"あーちゃん"……とか？」
　俺がポツリと言うと、キョトンとしている。
「え？」
「やっぱ、適当すぎかぁ」
「ううん、いいんじゃない？　呼びやすいね。あーちゃん、大好きっ」
　どっちが、"あーちゃん"なのかわかんねーけど、同じ見た目のネコを２匹まとめてギュッと抱きしめている。
　その姿を見て、若干、照れる俺。
　……その名前、やっぱ耐えられねぇかも。
　まだ物心がつく前、俺らがそう呼び合ってたの……お前は、覚えてる？
　このネコを見ていたら、なつかしい気持ちになった。
　あの頃の俺は……まだ、乙葉に優しくできていた。
　この際いい機会だから、子供心に戻って、仲直りしてみるのもいーかもな。
「あ、そーだ。嵐」
「どうした？」
　気分いーから、今ならなんでも聞いてやる。

「今朝、ありがとね。虎ちゃん、あたしがなにを着ても気にしないって」
「だろー、だから心配すんなって言ったじゃん」
「うん。けど、歩いてるとみんなが見るんだよね。虎ちゃんって、イケメンだし、ヤンキーだし、地味子のあたしとはつりあわないのかなと思って、ヘコみっぱなしで」
「ん……」
「でね、虎ちゃんに聞いたら、そんなことない、お前以上にいい女いねー！とか言うし」
「おぅ……」
「けど、やっぱ心配っていうか……あたし、からかわれてる!?」
「テメーは、ノロケてんのか、悩んでんのかどっちだよ!!」

　双子でも、やっぱ合わないことはあるもので。
　そのうち、双子のネコもケンカを始めた。
「あー、ジャレてるね。かわいい」
　笑顔の乙葉を見て、俺らのコレも、深刻にならない分……ただの、戯れにすぎないのかと思わされる。
　ケンカもするけど、顔も見たくないほど、大嫌いにはなれない。
　真逆な俺らだけど、唯一無二の存在。
　コイツをイジるのが趣味の俺なのに、虎ちゃんと付き合った今、それをしづらいのがストレスのもと。
　ノロケられると、俺以外に頼るヤツができたんだと、思わずにはいられない。

今、気づいたけど……俺って、実は乙葉のことが大好き？
　自分の考えに、ゾッとした。
　いや、俺が好きなのは弥生ちゃんだ。
　なにはともあれ、ネコが２匹増えて、桃谷家はこれからさらに、にぎやかになりそうです。

end

あとがき

こんにちは、acomaru(あこまる)です。

いつも野いちごや文庫版を読んでくださっている読者様、今回初めて手に取ってくださった方、このお話を最後まで読んでくださり、本当にありがとうございます。

私の周りには双子ちゃんがいないのですが、みなさんの周りにはいますか!? 双子って見分けがつかないほど、同じ顔をしているのかな……。

芸能人にはいますが、私の周りにはいないので、想像で書かせていただきました。

顔は似ていても、中身まで同じわけがないですよね。

ヤンキーと地味子という極端な設定ですが、きっとそれぞれ思うところがあるはず……ということで、こういうお話になりました。

嵐に扮して男子校に潜入したり、虎ちゃんに甘い言葉をささやかれてドキドキしたり。この話の中で乙葉はいろんな体験をします。思いのほか、キャラクターが頭の中で勝手に動いてくれたので、番外編もたくさん書いています。

今回ご縁があり、毎日小学生新聞に『チャラ男と地味子、真逆なふたり』という番外編を全8回に渡り掲載(けいさい)させていただくことになりました。そこでは、嵐の弥生への溺愛っ

ぷりを垣間見ることができます。
　そしてこの文庫版用に、嵐sideで『キミに溺愛』という番外編を新たに追加しました。
　本編と合わせて楽しんでいただけるとうれしいです！

　この本は、私にとって10冊目の文庫となります。1冊目を出した頃とは、身の周りの環境もガラッと変わりました。
　友人関係もそうで、どれだけ仲がよくてもお互いの環境が変わった場合、次第に疎遠(そえん)になる。
　このお話を書いていた頃、そんなことをさびしく思っていた時期でもありました。
　それでも、学生時代の友人は一生ものです。
　環境が変わっても、どれだけ遠くに住んでいても、困ったときには相談に乗ってくれ、ときには親よりも心に寄り添ってくれる大切な存在。
　文庫を読んでくださっている方の大多数は学生さんだと思うのですが、苦楽をともにした学生時代の友人は、一生ものです。
　今過ごしている時間は、人生の中の一部分に過ぎないけれど、とても有意義(ゆういぎ)で貴重な時間。たくさん笑って、遊んで、勉強して、楽しい思い出をいっぱい作ってくださいね。

　書籍化にあたり、この本の出版に携(たずさ)わってくださった皆様に、感謝の気持ちでいっぱいです。本当にありがとうございました。
　　　　　　　　　　　　　　　　　　　　　　　acomaru

この物語はフィクションです。
実在の人物、団体等とは一切関係がありません。

acomaru先生への
ファンレターのあて先

〒104-0031
東京都中央区京橋1-3-1
八重洲口大栄ビル7F

スターツ出版(株) 書籍編集部 気付
acomaru先生

```
KEITAI
SHOUSETSU
BUNKO
野いちご SINCE 2009
```

チャラくてキケン!! それでもヤンキー彼氏が好きなんです
2014年10月25日 初版第1刷発行

著　者	acomaru
	©acomaru 2014
発 行 人	松島滋
デザイン	黒門ビリー＆大江陽子（フラミンゴスタジオ）
DTP	株式会社エストール
編　集	水野亜里沙
	渡辺絵里奈
発 行 所	スターツ出版株式会社
	〒104-0031 東京都中央区京橋1-3-1　八重洲口大栄ビル7F
	TEL 販売部03-6202-0386（ご注文等に関するお問い合わせ）
	http://starts-pub.jp/
印 刷 所	共同印刷株式会社
	Printed in Japan

乱丁・落丁などの不良品はお取替えいたします。上記販売部までお問い合わせください。
本書を無断で複写することは、著作権法により禁じられています。
定価はカバーに記載されています。

ISBN 978-4-88381-899-0　C0193

ケータイ小説文庫　2014年10月発売

『好きって気づけよ。』 天瀬ふゆ・著

俺様でイケメンの凪と、ほんわか天然少女の心愛は友達以上恋人未満の幼なじみ。心愛への想いを伝えようとする凪だが、天然な心愛は気づかない。そんなじれじれのふたりの間に、ある日、イケメン転校生の栗原君が現れる。心愛にキスをしたりと、積極的な栗原君にとまどう心愛に凪はどうする!?
ISBN978-4-88381-896-9
定価:本体550円+税

ピンクレーベル

『初恋＊シュガーソルト』 Aki・著

調理部に所属する高2のひかりは、大好きなサッカー部の朝日に気持ちを伝えたくて、手作りのお菓子を渡し続けている。だけど、朝日の心はひかりの親友・優衣に向いていて、そのことを知っているひかりは心が苦しくてたまらない。そんな時、ある出来事によって朝日と距離を置くことになり…。好きなのに、伝わらない想い。切なすぎる恋の行方は!?
ISBN978-4-88381-900-3
定価:本体570円+税

ブルーレーベル

『恋愛日記』 cheeery・著

高校卒業直前、病気が発覚して入院した菜知。病状が悪化する中、心の支えになったのは、病室で見つけた誰かの日記帳だった。書いたのは高校生の女の子。その子には大好きな彼氏がいたが、病気にかかり、ウソをついて別れを告げる。菜知がその先を読み進めると、衝撃の結末が待っていて…?
ISBN978-4-88381-901-0
定価:本体530円+税

ブルーレーベル

『ド天然!?魔女っ子の秘密』 神立まお・著

世界最強の魔法退治屋ガーネット一族の天然娘・神崎由良は、エリート魔法学園・ソルテリッジから依頼を受け、事件の解決のためこの学園に編入することに。由良は学園1の実力を持つ柏木翔太との出会いによって、ある強大な敵と戦うことになるが…?　2014野いちごグランプリパープルレーベル賞受賞!
ISBN978-4-88381-897-6
定価:本体550円+税

パープルレーベル

書店店頭にご希望の本がない場合は、
書店にてご注文いただけます。